박선우 장편소설

FUSION FANTASTIC STORY

기적의 환생

MIRACLE LIFE

기적의 환생 1

박선우 장편소설

초판 1쇄 찍은 날 § 2018년 6월 19일
초판 1쇄 펴낸 날 § 2018년 6월 26일

지은이 § 박선우
펴낸이 § 서경석

총괄팀장 § 최하나
편집책임 § 신보라
편집 § 김슬기

펴낸곳 § 도서출판 청어람
등록번호 § 제387-1999-000006호
등록일자 § 1999. 5. 31
어람번호 § 제1-2920호

주소 § 경기도 부천시 부일로 483번길 40 서경B/D 3F (우) 14640
전화 § 032-656-4452 팩스 § 032-656-4453
http://www.chungeoram.com
E-mail § chungeorambook@daum.net

ISBN 979-11-04-91764-6 04810
ISBN 979-11-04-91763-9 (세트)

박선우 장편소설

FUSION FANTASTIC STORY

기적의 환생

MIRACLE LIFE

1

청어람

기적의 환생

MIRACLE LIFE

CONTENTS

프롤로그

인간은 누구나 한 번의 인생을 살면서 죽는 순간 후회와 번민을 느낀다.

그래서 다시 살아보고 싶어 하는 것이다.

바로 그때 그 시절, 가장 눈부시도록 아름다웠던 그 시절을⋯⋯.

내가 루시퍼를 만난 것은 비참했던 인생을 스스로 마무리하며 천 길 낭떠러지를 향해 추락할 때였다.

"네가 원하는 것을 들어주마."

악마의 미소.

그 미소를 보면서 마주 웃어주었다.

루시퍼의 미소는 더없이 차가워 섬뜩한 기분이 들었으나 나는 그 미소에 전혀 주눅이 들지 않았다.

어차피 스스로 죽음을 택한 자는 두려움을 느끼지 않는다.

생명의 소멸은 모든 것을 원점으로 되돌리는 법이니까.

그랬기에 웃을 수 있었다.

제1장
시리도록 푸르렀던 그날로

최강철은 천 길 낭떠러지 다리 위에 서서 멀리 보이는 지평선을 바라보았다.

지평선은 하늘과 땅을 이으며 아름다운 경계를 만들어내고 있었다.

죽을 때는 말없이 고독하게 죽는 것이 좋다.

그래서 찾은 곳이 바로 밴쿠버 시내에서 한 시간 거리에 있는 휘슬러계곡이었다.

번지점프로도 유명한 곳이었는데 겨울이라 그런지 사람의 모습은 보이지 않았다.

죽기를 결심한 이유는 비참하면서도 간단했다.

한평생 멋있게 살고 싶었으나 인생은 그리 쉬운 것이 아니었다.

가난한 가정에서 태어나 삼류 대학을 겨우 나와 중소기업에 취직한 그는 일주일 전 일방적인 해고 통보를 받고 실업자가 되었다.

노동법을 들먹이며 버틴 그에게 회사에서 내린 조치는 직원들이 다니는 복도에 책상을 내주는 것이었다.

부끄러웠으나 참고 견뎠다.

평생을 바친 직장에서 이토록 냉정하게 내쳐지면 분노를 느끼는 것이 당연했으나 그 분노는 현실을 이겨내지 못하고 그를 차디찬 의자에 앉게 만들었다.

돌봐야 할 가족들이 있었고, 그가 무너지면 사랑하는 아내와 아이들까지 같이 무너진다는 것을 너무나 잘 알기 때문이었다.

아내와 아이들은 이곳 이국땅 캐나다에서 벌써 7년 동안 공부를 하고 있었다.

두 아이의 학비를 부담하는 건 중소기업의 만년 부장에게는 결코 쉬운 일이 아니었다.

결혼한 지 15년 만에 겨우 마련했던 33평 아파트를 3년 전에 처분해야 했고 두 달 전에는 13평 전세금마저 빼서 보내주고 월세방에서 살았다.

그럼에도 견딜 수 있었던 것은 그것이 그의 숙명이자 책임감이라고 생각했기 때문이다.

아이들은 이제 성년이 다 되어간다.

큰아들은 20살이 되어 대학교에 들어갔고 둘째 딸은 18살이었다.

처음에는 자주 통화를 했지만 어느 순간부터 아이들의 목소리를 듣기가 어려웠다.

머리가 커지면서 통화가 되어도 전화하는 시간이 점점 짧아졌고, 그마저도 최근 1년 동안은 아예 통화가 되지 않았다.

하긴, 그것은 아내도 마찬가지였다.

통화비를 걱정하면서도 일주일에 한두 번씩 꼭 전화를 하던 아내는 어느 순간부터 한 달에 한두 번으로 횟수가 줄어들었고, 이제는 자신이 전화를 해야만 겨우 통화가 되었다.

복도에서 일주일을 견디며 수모를 참고 있던 그에게 상무가 다가와 서류를 내민 건 추위로 인해 온몸을 쓰다듬고 있을 때였다.

난방이 들어오지 않는 복도의 싸늘한 기운은 그의 온몸을 얼어붙게 만들었다.

툭.

회사의 실세인 박 상무가 서류를 그의 책상에 던지며 비릿한 웃음을 지었다.

그는 51살로 그보다 3살이나 어렸지만 벌써 3년 전에 상무로 진급해서 회사의 실세가 된 놈이었다.

"이게 뭔지 압니까?"

"뭐죠?"

"당신이 저지른 회사 공금 횡령에 관한 증거 자료요."

박 상무의 말에 급히 서류를 살피던 그가 내용을 확인하고 손을 부들부들 떨었다.

서류에는 그가 대명산업과의 계약 대금 중 일부를 횡령했다는 것이 적혀 있었는데 무려 3억이나 되었다.

말도 안 되는 일이다. 그랬기에 그는 박 상무를 노려보며 이를 악물었다.

"나는 대명산업 업무에 전혀 관계하지 않은 사람입니다. 그런데 횡령이라뇨?"

"그렇게 오랫동안 직장 생활을 했는데도 무슨 뜻인지 모르는구만. 이보세요, 최강철 부장. 이 서류는 회사에서 당신이 떠나주기를 바라는 증명서요. 3일 주지. 그때까지 이 책상에서 일어서지 않는다면 당신은 집으로 가는 대신 경찰서에 가게 될 거요."

여전히 비릿한 웃음을 지은 채 복도를 걸어가는 박 상무의 뒷모습을 보면서 최강철은 눈앞이 컴컴해졌다.

이제 끝났다. 자신의 초라했던 이 반항이 오래 가지 못할 것이란 건 알고 있었지만 회사에서 이렇게 치졸한 수법을 들고 나올 줄은 생각하지 못했다.

자신이 횡령을 했다면서 압박하는 회사의 수작에 대응하는 방법은 수도 없이 많다.

3억이란 거금을 횡령했다는 회사의 주장은 일방적인 것이었으니 변호사를 동원해서 싸운다면 이길 수도 있을 것이다.

하지만 길고 긴 싸움이 될 것이고, 자신에게는 그럴 여력이 전혀 남아 있지 않았다.

뻔한 수작질임에도 최강철은 박 상무가 던져준 자료를 보면서 눈물이 주르륵 흘러나왔다.

자신처럼 자존심을 팽개치고 거머리처럼 달라붙은 문제 사원을 처리하는 데 횡령만큼 좋은 방법도 없었으니 회사의 선택은 어쩌면 당연한 것이었는지도 모른다.

25년간 일해왔던 직장에서 빠져나오는데 손에 들린 건 잡동사니가 들어 있는 박스 한 상자뿐이었다.

절망.

아직 그의 나이는 54살에 불과했으나 처참하게 길거리로 내몰리고 말았다.

회사에서 걸어 나오는 순간, 더 이상 아이들의 학비를 대줄 수 없다는 현실이 눈앞으로 바짝 다가서 암담함이 몰려왔다.

조금만 생활비가 늦어도 쨍쨍거리는 아내의 목소리가 귓가에 환청처럼 들려왔다.

월세방에 들어가 소주를 마셨다.

지금까지 어려움 속에서 꿋꿋이 버텨왔으나 더 이상 가족들을 캐나다에 두는 것은 도저히 불가능했다.

그나마 퇴직금으로 1억 5천만 원이란 돈을 받았기 때문에 마지막 희망은 남아 있었다.

비행기를 타고 주소 하나만을 든 채 밴쿠버로 향했다.

그 흔한 외국 여행 한번 해보지 않았고 영어조차 서툴렀기 때문에 두려움이 바짝 몰려왔으나 최강철은 초췌한 모습으로 주소를 찾아 반나절을 헤맸다.

주소는 밴쿠버의 외곽에 위치한 단독주택을 가리키고 있었다.

이해가 되지 않았다.

단독주택은 제법 근사하게 지어진 목조 주택이었는데, 이층이었고 잔디가 깔린 정원이 딸려 있어 자신이 보내준 돈으로는 절대 거주할 수 없는 곳이었다.

주춤거리며 다가가 초인종을 눌렀으나 안에서는 아무런 기척이 없었다.

근처 벤치에 앉아 1시간 동안 기다렸지만 집으로는 아무도 돌아오지 않았다.

천천히 일어나 아들이 다닌다는 대학을 찾아갔다.

하지만 그곳에서 아들의 이름을 찾을 수 없었다. 학교 관계
자에게 몇 번이나 다시 물었으나 학생 중에서는 그런 이름이
없다는 것이었다.

허탈한 마음으로 딸이 다니는 하이스쿨로 발걸음을 옮겼
다.

마침 대학과 멀지 않은 곳에 위치하고 있었기 때문에 하이
스쿨에 도착하는 데 걸린 시간은 20분에 불과했다.

처음으로 이역만리 머나먼 타향 땅에서 가족들 중 딸의 모
습을 확인할 수 있었다.

딸의 모습을 확인한 곳은 학교가 아니라 하이스쿨로 들어
가는 입구에 마련된 공원에서였다.

몸서리치는 반가움에 달려가 딸을 끌어안고 싶었으나 최강
철은 기둥 뒤로 몸을 숨긴 채 나서지 못했다.

딸은 가죽 자켓을 입은 채 사내놈의 품에 안겨 키스를 하
고 있었는데, 그 주변에는 비슷한 차림새의 남녀들이 4쌍이나
더 있었다.

한눈에 알아볼 수 있었다.

아직 수업 중이어야 할 시간에 딸은 공부 대신 불량한 놈
들과 어울려 다니며 인생을 허비하고 있었던 것이다.

한동안 딸의 기가 막힌 행태를 바라보다가 입술을 깨물고 되돌아 걸음을 옮겼다.

이게 아닌데… 이게……. 도대체 딸에게 무슨 일이 일어나고 있는 것일까.

버스를 타고 외곽까지 빠져나와 택시를 갈아탄 후, 왔던 길을 되짚어 아내가 살고 있다는 집을 향해 돌아갔다.

거기서 최강철은 또 한 번 충격적인 모습을 보고 말았다.

아내가 고급 차에서 내려 어떤 남자와 다정하게 저택으로 들어가는 게 두 눈으로 들어왔던 것이다.

남자는 그곳이 제 집인 양 자연스럽게 아내를 데리고 들어갔다.

두 사람이 들어간 저택을 향해 미친놈처럼 뛰어가 초인종을 누르려던 그는 손을 거두고 정원을 돌아 뒤로 가서 안을 살폈다.

창문을 통해 아내가 늙은 놈의 품에 안겨 뜨거운 키스를 하고 있는 것이 보였다.

"아휴, 잠깐만. 우리 씻고 해요."

남자의 뜨거운 키스를 받아주던 아내의 입에서 색기가 가득 찬 음성이 흘러나왔다.

아내는 그보다 5살이나 어렸는데 아직도 날씬한 몸매를 유지했고 얼굴도 예뻐서 나이보다 훨씬 어려 보인다는 말을 주변 사람들에게 들어왔었다.

그럼에도 아내의 음성은 낯선 것이었다.

저렇게 다정스러운 목소리를 언제 들어봤는지 기억도 나지 않았다.

아내의 애교 섞인 목소리에 몸이 달아올랐던 남자가 여유 있는 웃음을 흘렸다.

"좋아, 선영. 그런데 언제 이혼할 거야?"

"곧 할 거예요. 3일 전에 이혼 서류를 보냈으니까 곧 소식이 올 거야. 그 남자, 고지식해서 쉽게 해줄 것 같지 않지만 어쩌겠어, 내가 살기 싫다는데."

"그럼 이혼 문제는 나중에 해결하고 우리 식부터 올리자. 결혼만 하면 이 집은 완전히 당신 게 되잖아. 그동안 코 묻은 돈 받으면서 얼마나 찜찜했는지 몰라. 나는 말이야, 이제 선영이가 없으면 잠을 못 자겠어."

"호호호… 거짓말."

"정말이야. 선영이의 뜨거운 몸을 안아보지 못한 놈들은 이해하지 못할걸. 선영은 마치 뜨거운 용광로같이 나를 빨아들여서 하루라도 같이 있지 않으면 잠을 잘 수 없어."

"아이… 씻고 하자니까……."

"괜찮아. 자기 몸은 안 씻어도 좋아."

아직 해가 지지 않았는데 자신이 보는 앞에서 두 남녀가 뱀처럼 엉키고 있었다.

마치 에로 영화의 한 장면처럼.

그 장면이 마치 꿈처럼 여겨져 꼼짝할 수 없었다.

허깨비처럼 걸음을 옮겨 벤치로 향했다.

분노로 인해 칼을 들고 뛰어 들어가 두 사람을 찢어 죽이고 싶다는 생각 대신 최강철은 스스로를 자책하며 머리를 쥐어뜯었다.

멍청한 놈, 병신 같은 놈.

안 봐도 비디오다.

기러기 생활을 하면서 텔레비전이나 인터넷에 떠도는 불륜이 남의 이야기라 생각했는데 직접 자신의 아내가 다른 놈과 뒹구는 장면을 보게 되자 기가 막혀 꼼짝할 수 없었다.

그저 착하게, 열심히 사는 것만이 인생의 전부라고 생각하며 살아온 결과가 겨우 이런 거였나, 하는 자괴감이 들었지만 되돌리기에는 너무 늦었다.

한동안 멍하니 저택을 바라보다 천천히 걸어 택시를 타고 도심으로 향했다.

술을 마시고 싶었다.

이대로 정신을 잃을 만큼 술을 마시면 모든 것이 꿈이었던 것처럼 원래대로 돌아갈지 모른다는 생각이 들었다.

운명일까?

아니, 이건 운명이 아니라 누군가의 못된 장난이라는 생각이 머리를 스치고 지나갔다.

아들을 본 것은 도심으로 들어가 택시에서 내렸을 때였다.

마치 히피처럼 머리를 기른 아들은 비슷한 놈들과 어울려 거리를 걸어가고 있었는데 술에 취한 듯 비틀거리고 있었다.

오늘 하루.

그의 인생에서 가장 지독한 장면들이 연속해서 이어졌음에도 아들이 으슥한 길거리에 앉아 마약을 코로 흡입하는 모습을 보게 되자 온몸이 부들부들 떨려왔다.

이런 모습을 보려고 내가… 그 힘들었던 시간들을 보냈단 말인가.

*   *   *

절망.

그래, 절망이다.

가족들의 배신과 자신의 초라한 인생이 겹쳐지면서 더 이상 살아간다는 것이 무의미해졌다.

다리의 난간에 올라 눈을 감자 어린 시절 자신을 향해 따뜻한 미소를 보내주던 부모님의 모습이 떠올랐다.

눈물이 주르륵 새어 나왔다.

가족 하나 제대로 건사하지 못했고 한평생을 병신처럼 살아왔으니 그 누구보다 하늘에 계신 부모님께 죄송하다는 생각이 들었다.

"아버지, 어머니… 죄송합니다. 하지만 이것이 최선의 선택인 것 같아요. 죽어서 다시 뵙게 되면 그때 많이 혼내주세요, 크윽!"

이를 악물고 난간을 발로 밟고 뛰어내렸다.

계곡 바닥까지의 거리는 100m가 훨씬 넘었기 때문에 자신의 몸은 이제 곧 산산조각이 난 채 사람들에게 발견될 것이다.

난간에서 떨어지는 순간, 두려움 대신 평온함이 찾아왔다.

귓가로 들리는 바람 소리는 부드러웠고, 눈으로 들어오는 풍경은 더없이 아름다웠다.

그래… 마지막 순간, 이렇게 멋진 곳에서 죽게 되었으니 이걸로 나의 불행을 보상받았다고 생각하자.

몸이 뒤집어졌는지 풍경이 사라지고 하늘이 눈으로 들어왔다.

참, 더럽게 푸르고 아름다운 하늘이었다.

천천히 눈을 감았다.

두 손을 가슴에 모았고 머리를 곧추세워 멋지게 다이빙하는 자세를 만들었다.

머리에서 발끝까지 한 방에 부서지도록.

"눈은 왜 감나. 마지막인데 조금이라도 더 보지 않고."

갑자기 들려온 목소리에 최강철이 눈을 번쩍 떴다.

환청인가?

환청이 아니다. 자신의 눈앞에 바짝 다가와 있는 사람의 모습이 보였으니까.

붉은 눈을 가진 남자는 온몸을 검은색으로 치장하고 있었는데, 얼굴에 떠오른 미소가 얼마나 섬뜩했는지 오한이 들 정도였다.

뭐지, 이놈은 도대체 뭐야. 나처럼 죽으려고 뛰어내린 놈인가?

죽는 와중에도 어이가 없어서 자신도 모르게 입이 열렸다.

"당신, 뭐요?"

"나는 루시퍼다. 정말 오랜만에 다시 보게 되는구나."

정신을 잃어서 꿈을 꾸는 것일까?

루시퍼라니, 그렇다면 눈앞에 있는 놈이 악마라는 뜻인데 도대체 뭔 소린지 이해가 되지 않았다.

그랬기에 최강철은 사내의 눈을 보며 의아한 시선을 던졌다.

"무슨 헛소린지 모르겠군. 루시퍼가 왜 내 앞에 나타나. 곧 죽을 놈한테?"

"당연히 넌 나를 기억하지 못할 거야. 우린 너무 오랜 시공간을 건너 다시 만났고 네 기억은 삭제되었으니까. 내가 온 건 네가 너무 불쌍했기 때문이야."

"정말 나를 안단 말이오?"

"크크크… 모른다면 뭐 하러 왔겠나."

"죽는 순간이 되니까 별 해괴한 일이 다 벌어지는구만. 나를 어떻게 알지?"

"너는 나를 도와주었다가 신에게 징벌을 받아 인간으로 환생한 천사다. 그 징벌은 가장 고통스러운 10번의 삶을 사는 것이었어."

"신한테 내가 징벌을 받아? 왜?"

"방금 말했잖아. 나를 도와줬다가 그리 됐다고."

"씨발, 무슨 개소린지 모르겠네."

"지금은 모르는 게 좋아. 알아봤자 좋을 게 하나도 없거든."

루시퍼가 의미심장한 미소를 지었다.

붉은 눈에서 흘러나오는 시선은 뱀처럼 징그러웠으나 전혀 역겹게 느껴지지 않았다.

"이번에 너의 삶은 징벌의 마지막 10번째 삶이었다. 저기 바닥에 부딪치는 순간, 네 징벌은 모두 끝난다는 뜻이야."

"그래서 지금까지 내 인생이 이렇게 더러운 것이었단 말이오?"

"당연한 것 아니냐. 행복한 삶이라면 그게 어디 징벌이겠나."

"그럼 내 다른 삶도 지독하게 슬프고 괴로운 것이었소?"

"그렇다."

"어제… 내 아내와 아들, 딸의 망가진 모습을 한꺼번에 보여준 것도 그 징벌의 일환이고?"

"당연하지. 마지막 순간까지 징벌은 이어지는 것이니까. 신은 고지식해서 절대 봐주는 게 없거든."

"씨발, 그걸 말이라고 해!"

최강철이 이를 악물며 소리를 질렀다.

마누라가 바람을 피울 때도, 아들과 딸이 미친 짓을 할 때도 치솟지 않았던 분노가 루시퍼의 말을 듣자 한꺼번에 터져 나왔다.

아무리 지독한 형벌이라 해도 그래서는 안 된다.

한 사람의 인생을 그렇게까지 비참하게 만든다는 것은 절대 해서는 안 되는 짓이라는 생각에 신에 대한 분노가 미친 듯이 솟구쳐 올라왔다.

그 모습을 보면서 루시퍼의 미소가 더욱 짙어졌다.

"맞아, 그래서는 안 되지. 신이 하는 짓을 보면 너무 비열해."

"으……."

"네가 이렇게 된 것은 나를 도와준 것이 원인이었다. 그러니 이제 신세를 갚고 싶구나. 너는 이번 생이 마지막 징벌이라 이번 기회가 아니면 내가 해줄 수 있는 것이 없다. 지금 이 순간이 지나면 너는 천사들의 세계로 돌아갈 테니까. 어떠냐. 원하는 것이 있으면 지금 말해라. 그럼 내가 도와주마."

"원하는 거. 당연히 있지. 하지만 먼저 알아야겠군. 당신이 나를 도와준다는 게 순수한 도움에 대한 고마움 때문이오?"

"그럴 리가 있나. 나는 루시퍼라고 했잖아. 세상의 모든 악을 통솔하는 절대 존재가 바로 나야. 그런 내가 단순하게 고마움 때문에 나선다는 건 말이 안 되지."

"그럼 나한테 원하는 게 있겠군."

"당연하지."

"뭐야, 말해!"

"조건은 먼저, 보상은 나중에. 내 계약의 원칙이야. 내가 원하는 건 단순하고도 간단하지만 지금은 자세하게 말해줄 수 없어. 단, 한 가지만 말해주지. 너는 나와 계약을 하게 되면 천사들의 세계로 돌아가지 못한다. 너의 영혼을 이 계약으로 나에게 저당 잡혀야 되니까."

"크크크… 그렇군. 그래서 온 거였어."

"어떠냐, 내 제안이."

"좋소, 받아들이지. 어차피 이런 개 같은 인생을 살게 만든 천사들의 세계로 돌아가고 싶은 마음은 없어. 너무 억울해서 이대로 죽지도 못해. 그러니 죽이 되든 밥이 되든 내 영혼을 당신에게 맡기지. 하지만 내가 원하는 건 그리 쉬운 게 아닐 텐데?"

"걱정하지 마라. 뭐든 해줄 수 있다."

"그럼 나를 다시 살게 해줘. 인간으로. 신이 준 지독한 삶이 아니라 멋지고 행복한 삶을 살 수 있도록 말이야. 해줄 수 있겠소?"

"원하는 게 겨우 그건가. 너무 어리석군."

"당신도 내가 겪었던 고통을 당해봤다면 그런 소리가 나오지 않을 거야."

"좋다, 해주지. 하지만 인간의 삶을 일일이 간섭할 수는 없어. 그건 나만 그런 게 아니라 신도 그렇게 하지 못해. 신이 너에게 불행한 삶을 살게 만든 것은 기초 능력과 심성을 철저하게 제약해 놨기 때문이고, 주변 사람들이 너를 돕지 못하도록 만든 것이 원인이었다. 따라서 나는 너에게 인간으로서 최고의 재능을 한 가지 줄 생각이다. 그것만 있어도 너는 행복한 삶을 살다가 돌아올 수 있을 것이다."

"어떤 것을 주겠다는 말이요?"

"최강의 체력과 운동신경. 이 정도만 가지고 있으면 네 맘대로 세상을 살아갈 수 있어, 어떠냐, 괜찮지?"

"체력과 운동신경이라… 좋군. 하지만 거래의 조건으로는 조금 부족하다는 생각이 들어."

"부족하다고? 네가 원하는 것은 과거로 되돌아가 행복하게 사는 것 아니었느냐. 그게 전부라면 그것만으로도 충분하다."

"나는 행복한 삶은 물론이고, 내 마음대로 세상을 살 수 있는 힘을 가지고 싶소. 그러니 루시퍼, 당신이 진정으로 나를 원한다면 한 가지를 더 주시요."

"음… 뭐냐?"

"최고의 두뇌와 강철 같은 심장!"

"크크크… 너무 많은 것을 원하는군."

"그리고 또 하나, 지금의 기억을 가져가게 만들어주시오."

"너의 조건을 전부 들어주기 위해서는 나의 본신 진력을 타격받을 만큼 힘을 쏟아부어야 한다. 최소 일주일 동안 요양을 할 정도로 능력에 제약을 받게 된단 말이다. 그럴 수는 없어."

"이제 점점 바닥이 가까워지는군. 나는 조건을 말했고 선택은 당신의 몫이오. 고, 아니면 스톱?"

최강철이 빤히 쳐다보며 루시퍼를 향해 웃었다.

지금까지 이런 기회가 올 때마다 소심한 마음 때문에 패배해 왔으나 이번만큼은 그러고 싶지 않았다.

죽는 순간 루시퍼가 여기까지 와서 이런 제안을 한다는 것은 무엇인지 모르나 내가 절대적으로 필요했기 때문일 것이다.

루시퍼의 얼굴이 점점 일그러지면서 이를 드러낸 것은 바닥이 코앞으로 다가왔을 때였다.

"좋다, 받아들이지. 비록 내가 치명적인 손상을 입겠지만 너의 조건을 받아들이겠다. 나중의 즐거움을 생각한다면 무슨 일을 못 하겠나."

"고맙소."

"우린 거래를 했을 뿐이야. 그러니 고마워할 필요 없어."

"마지막으로 하나만 더 물읍시다. 내가 다시 산다면 수명은 얼마나 되는 거요?"

"이제 너는 네가 다시 돌아가고 싶어 하는 시간부터 인간의 시간으로 60년을 살다가 오게 될 것이다."

"괜찮군. 60년이란 시간은 꽤나 긴 시간이지."

"크크크… 인간의 시간 60년은 천상의 시간으로 봤을 때 한 달도 되지 않은 시간일 뿐이야. 그러니 나는 즐겁게 너를 기다릴 생각이다. 행복하게 잘 살다 와라. 돌아오면 할 일이 많을 테니."

루시퍼의 설명에 최강철이 알아들었다는 듯 고개를 끄덕였다.

그런 후 슬쩍 고개를 돌려 계곡 쪽으로 눈을 돌렸다.

바위가 잔뜩 깔려 있는 계곡은 이미 그의 시선에 꽉 찰 정도로 가까워진 상태였다.

"이러다가 다시 돌아가지 못하고 죽겠군. 나를 언제 보내줄 것이오?"

"바로 지금."

*　　　　　*　　　　　*

"야, 일어나, 인마. 선생님 들어오신다."

누군가가 거칠게 흔드는 손길을 받으며 정신이 서서히 돌아왔다.

거대한 바위와 몸이 부딪치는 순간, 하얀 광채에 사로잡히며 정신을 잃었는데 막상 누군가가 몸을 흔들자 정신이 번쩍 들었다.

눈을 뜨자마자 벌떡 몸을 일으키고 자리에서 일어났다.

그런 그를 향해 꽤 많은 놈이 시선을 보내오며 어이없다는 웃음을 짓고 있었다.

믿을 수가 없었다.

바위가 눈앞으로 다가오는 순간, 루시퍼와의 대화가 자신이 만들어낸 상상이라고 생각했었다.

스스로 죽음을 선택했으나 끝없는 분노와 슬픔이 그런 망상을 만들어낸 것이 분명하다고 판단했다.

하지만 막상 정신을 차리고 교실과 그 옛날 같이 공부했던 친구들의 모습이 확인되자 온몸에 오한이 돋았다.

정말 돌아왔다.

루시퍼에게 보내달라고 했던 그 시절로.

"너도 참 병이다, 이 자식아. 어째 점심만 먹으면 병든 닭처럼 매일 자빠져 자냐?"

최강철이 머리를 문지르며 슬그머니 자리에 주저앉자 옆에 있던 놈이 옆구리를 찔러 왔다.

이성일.

자신과 함께 중학교 때부터 친했던 불알친구였고, 마지막 죽기 직전까지 함께해 준 인생의 동반자였다.

놈은 돈이 없어 쩔쩔매는 자신에게 잔소리를 하면서도 없는 돈을 긁어모아 수시로 도와주었고, 자신의 슬픔과 기쁨을 언제나 함께한 친구였다.

짧게 자른 머리, 콧구멍이 보일 정도의 들창코. 어린 얼굴이었지만 분명 놈은 이성일이 맞았다.

친구의 얼굴을 다시 보게 되자 반가움이 미친 듯이 몰려왔다.

와락 달려들어 몸을 끌어안자 이성일이 불에 덴 것처럼 화들짝 놀라며 최강철을 밀쳐냈다.

"이놈이 미쳤나. 너 내가 여자로 보이냐? 왜 갑자기 끌어안고 그래!"

"갑자기 네가 예뻐 보여서."

"지랄한다. 얘가 자고 일어나더니 아직도 정신을 못 차린 모양이네."

이성일이 째려보는 것을 보면서 비실비실 웃음이 나왔다.

놈이 자신을 바라보는 시선은 말과 다르게 여전히 따뜻했다.

슬그머니 고개를 돌려 자신의 몸을 확인했다.

허약한 몸매.

키는 178㎝로 제법 큰 편이었으나 몸무게는 60㎏이 겨우 넘을 정도로 마른 모습이었다.

죽기 직전에도 비슷한 체형이었지만 나이가 든 이후에는 배가 불쑥 튀어나왔었는데 지금은 거의 절벽 수준이었다.

루시퍼에게 다시 돌려보내 달라고 했던 시간은 고등학교 1학년이었다.

더없이 푸르고 푸르렀던 청춘의 한 귀퉁이부터 새로운 인생을 시작하고 싶다는 마음 때문이었다.

그러나 막상 약골인 자신의 몸을 확인하자 루시퍼의 약속이 잘못된 게 아닌가란 의구심이 들었다.

최강의 체력과 운동신경을 준다고 했는데 자신의 몸은 예전과 하나도 달라진 게 없었다.

"성일아, 오늘이 무슨 날이냐?"

"오늘따라 이놈이 왜 이런데. 갑자기 무슨 날이라니? 절대 내가 멘스하는 날은 아니니까 눈에서 눈곱이나 떼라, 이 자식아."

"인마, 장난하지 말고. 오늘이 며칠이야?"

"하아, 미치겠네. 5월 13일 목요일. 지금은 점심시간이 끝나고 지겨운 수학을 배울 시간이시지. 됐냐?"

"올해가 1980년 맞지?"

"너 자꾸 그러다 맞으면 더 아프다. 나 이제 슬슬 신경질 나거든."

이성일이 엉뚱한 질문을 하는 최강철을 향해 슬그머니 손바닥을 올렸다.

한 번만 더 이상한 짓을 하면 응징을 가하겠다는 신호가 분명했다.

그랬기에 최강철은 피식 웃으며 놈의 팔을 끌어 내렸다.

"인마, 나쁜 꿈을 꿔서 그래."

"무슨 꿈인데?"

"그런 거 있어."

사실을 말해줘도 믿지 않을 것이다. 그리고 사실을 말해줘서도 안 된다.

때마침 수학 선생님이 검은색 출석부와 교과서, 몽둥이를 들고 교실 문을 열었기에 최강철은 이성일에게서 눈을 돌린 후 수학책을 꺼내 책상에 올려놓았다.

그가 다닌 고등학교는 영등포 외곽에 있는 정문고등학교였다.

명문과는 한참이나 먼 고등학교였고, 학생들의 수준은 그야말로 최악이었다.

워낙 부모들의 삶이 열악했기 때문에 과외는 생각지도 못했고, 자식들이 어떻게 사는지 챙기는 사람도 많지 않았다.

그건 최강철도 마찬가지였다.

6남매 중 막내로 태어난 그는 고등학교에 들어올 때까지 성적 가지고 부모님께 혼난 적이 한 번도 없었다.

한 반의 학생 수가 60명에 달했고 1학년만 해도 9개 반으로 구성되었는데, 거기서 최강철은 중간 정도의 성적이었지만 사는 게 빠듯했던 부모님은 성적에 대해 연연하지 않았다.

어차피 공부를 잘해봤자 대학에 보낼 형편이 안 되었기 때문이다.

임시 공무원으로 근무하면서 트럭을 운전했던 아버지는 6남매를 건사하느라 허리가 휘어질 정도였고, 어머니는 쥐꼬리만한 월급으로 매일 전쟁을 치렀기 때문에 최강철에게 신경 쓸 새가 없었다.

수학 선생님은 교과서를 편 채 열심히 수업을 했지만 듣고 있는 놈들은 절반도 채 되지 않았다.

다른 짓거리를 하는 놈들 대부분은 최강철과 비슷한 환경을 지닌 놈들로 공부보다는 다른 것에 관심이 많았다.

무협지를 보는 놈들도 있었고, 꾸벅꾸벅 조는 놈들도 부지기수였다.

최강철이 중간 정도의 성적을 나타낸 것도 이런 놈들의 뒷받침이 있었기 때문이다.

자신은 시험 며칠 전부터 공부를 했지만 다른 놈들은 아예 공부할 생각조차 안 했기 때문에 뒤로 줄을 선 놈들이 운동장 한 바퀴가 넘었다.

아직도 꿈꾸는 것처럼 느껴졌다.

최강철은 수학 선생님이 칠판에 써 내려가는 내용을 바라보며 눈을 오므렸다.

예전에는 전혀 이해되지 않았던 내용들이 선생님의 설명을 듣자 마치 솜이 물을 빨아들이는 것처럼 이해되고 있었다.

그것은 다른 수업도 마찬가지였다.

과학과 역사 수업도 선생님의 설명을 들으며 교과서를 읽어 내려가자 머릿속에 각인이 되는 것처럼 틀어박혔다.

체력과 운동신경은 몰라도 최고의 두뇌를 주겠다는 루시퍼의 약속은 지켜진 게 분명했다.

희망이 피어올랐다.

이제 다시는 과거와 같은 비참한 인생을 살지 않을 수 있다는 희망이 말이다.

모든 수업이 끝나고 담임선생님의 종례가 끝나자 마음이 급해졌다.

이제 집으로 돌아가면 그토록 보고 싶었던 부모님과 형제들을 다시 만나게 될 것이다.

"강철아, 농구하자."

"안 돼, 오늘은 일찍 집에 가야 해."

이성일이 붙잡았으나 최강철은 가방을 챙기고 서둘러 자리에서 일어났다.

그런 최강철을 향해 이성일이 눈을 부라렸다.

"그냥 간다고? 정말로 그냥 갈 거야?"

"엄마가 일찍 오라고 했다. 심부름시킬 게 있나 봐."

"어이구, 네가 언제부터 효자였어. 이 자식아, 오늘은 정태 패거리와 떡볶이 내기하기로 했잖아!"

"미안, 네가 나 대신 그놈들 혼내줘라. 떡볶이도 내 거까지 2인분 먹고. 내일 보자."

최강철이 어깨를 툭툭 치면서 빠져나가자 이성일의 입에서 늑대 울음소리가 흘러나왔다.

그들의 유일한 취미는 농구였다.

그렇다고 아주 잘하는 것은 아니었고 비슷한 놈들끼리 팀을 짜서 시합을 했는데 룰도 파울도 없는 그야말로 동네 농구였다.

그럼에도 최강철과 이성일은 거의 매일 학교에 남아 농구를 했다.

어차피 집에 가봤자 할 일도 없었을 뿐만 아니라 청춘의 뜨거움을 해소할 곳이 필요했기 때문이다.

                    *   *   *

학교에서부터 집까지의 거리는 3㎞가 넘었으나 최강철은 책가방을 둘러메고 달렸다.

아직 아버지는 돌아오지 않았겠지만 어머니는 집에 계실 것이다.

너무나 보고 싶었던 얼굴.

오래전 치매를 앓다가 돌아가신 어머니는 그에게 더없이 소중하면서도 부담스러운 존재였다.

큰형과 둘째 형이 부모님과 절연을 했기 때문에 당뇨가 심해진 어머니를 어쩔 수 없이 3년 동안 모시며 살았고, 그 시간 동안 어머니에게 수많은 상처와 슬픔을 주었다.

아내였던 이선영은 어머니를 모시는 걸 극렬하게 반대했기 때문에 많은 다툼을 해야 했는데 심지어는 어머니가 보는 앞에서 싸우기도 했다.

아마 어머니는 그와 사는 내내 엄청난 고통에 시달렸을 게 분명했다.

아내의 냉대를 맞으며 외로움과 싸우는 나날이 거듭될수록 어머니는 쇠약해져 갔고, 아버지에 대한 그리움이 쌓이면서 결국 치매라는 죽음에 직면했다.

더 이상 모실 수 없다며 집을 나가겠다는 아내의 주장에 결국 요양원으로 어머니를 보낼 수밖에 없었다.

그때의 어머니 모습을 잊을 수 없다.

어머니는 승용차의 뒷자리에 멍하니 앉아 계시다가 조용하게 그를 불렀다.

"강철아, 엄마… 버리지 마, 응? 강철아……."

자신조차 알아보지 못했던 어머니가 그를 향해 부탁하는 음성을 들으며 피눈물을 흘렸다. 운전대를 잡은 손이 부들부들 떨렸고 룸미러로 어머니의 눈을 확인하면서 통곡을 해야 했다.

그럼에도 핸들을 돌리지 못하고 어머니를 요양원으로 모셨다.

그것이 어머니가 그를 알아봤던 마지막 순간이었다.

그 후 얼마 지나지 않아 어머니는 당뇨가 심해지면서 각종 합병증으로 조용하게 숨을 거뒀다.

멀리서 그리웠던 집이 보이기 시작했다.

파란 대문이 있는 기와집.

아버지가 칠백만 원을 주고 샀다던 그 집은 오래되어 낡았으나, 운전을 하면서 6남매를 키운 부모님의 소중한 안식처였다.

문을 박차고 들어갔지만 어머니는 잠시 외출을 하셨는지 집에는 아무도 없었다.

이 시간에 집에 있을 사람은 어머니밖에 없었다.

큰형과 큰누나는 결혼해서 분가를 해 나갔고, 둘째 형은 군대에 갔으며, 둘째 누나는 회사에, 고3인 막내 누나는 아직 학교에 있을 시간이었다.

가방을 툇마루에 놓고 벌렁 드러누웠다.

하늘은 파랗고 5월의 봄 햇살은 너무나 따스했다.

지금의 이 순간이 꿈을 꾸는 것처럼 느껴졌다. 살아오면서 다시 살고 싶다는 강렬한 욕망을 느낀 적도 많았으나 실제로 이렇게 돌아오자 현실처럼 느껴지지 않았다.

삐걱.

툇마루에 누워 눈을 감은 채 생각에 잠겨 있을 때, 문이 열리는 소리가 들리며 익숙한 목소리가 들려왔다.

"강철이 왔네. 왜 벌써 온 겨?"

"…엄마."

자리에서 벌떡 일어난 최강철이 문을 통해 들어오는 어머니를 향해 다가갔다.

대문을 통해 들어온 어머니는 주춤거리며 다가오는 아들에게 봄 햇살처럼 아름다운 미소를 보내고 있었다.

제2장
야망 I

너무나 반가워 손을 잡는 아들을 어머니는 이상하게 생각했지만 결코 손을 빼지 않았다.

　　"무슨 일 있는 겨?"

　　"아니, 그냥 오늘따라 엄마 얼굴이 보고 싶어서. 오늘 하루 어땠어요?"

　　"나야 늘 그렇지. 배고파?"

　　"괜찮아요."

　　오늘 하루 어땠어요?

　　그래, 집으로 오면서 꼭 물어보고 싶었던 말이었고 가슴속에 꽁꽁 숨겨두었던 걱정과 사랑이 담긴 질문이었다.

그만큼 어머니를 그리워했다.

강아지처럼 어머니를 따라다니며 가족들에 관한 이야기를 했다.

어머니는 그렇게 따라다니며 귀찮게 하는 아들의 행동을 한동안 지켜보다가 결국 부엌에서 내쫓고 말았다.

최강철에게는 더없이 반가웠고 그리웠던 순간이었지만 어머니에게는 가족들의 저녁을 준비하기에 정신없이 바쁜 시간이었기 때문이다.

제일 먼저 고3인 막내 누나가 들어왔고 어둠이 찾아오자 아버지와 둘째 누나가 차례대로 퇴근해서 집으로 들어왔다.

아버지의 얼굴을 보자마자 눈물이 쏟아져 나왔다.

어머니를 뵈었을 때는 눈알이 시뻘겋게 변해도 참고 견뎠으나, 아버지의 초라한 모습을 보자마자 눈물이 홍수가 되어 쏟아졌다.

'죄송합니다, 아버지.'

아버지는 말없이 자신을 바라보며 울고 있는 막내아들의 행동에 놀랐는지 신발조차 벗지 못하고 걸음을 멈췄다.

"강철아, 학교에서 무슨 일 있었어?"

"아뇨. 그냥 아버지가 너무 고생하시는 것 같아서요. 요즘 너무 마르신 것 같아요."

"마르긴, 만날 똑같구먼, 껄껄……. 우리 막내가 철이 들라는 모양이네. 아버지 걱정도 다 하고……."

아버지의 웃음소리가 더없이 정겨웠다.

그래, 이 웃음이야. 이 웃음소리를 얼마나 듣고 싶었는지 모른다.

최강철은 옷을 갈아입고 세면을 하기 위해 마당에 있는 수돗가로 향하는 아버지를 졸졸 따라갔다. 그러고는 대야에 물을 받은 후 아버지의 발을 닦아드렸다.

아버지는 하지 말라며 발을 빼다가 최강철이 완강하게 발을 잡고 물을 묻히자 모른 체 맡겨두고 오래된 가락을 흥얼거렸다.

기분이 좋을 때마다 하시던 행동.

막내아들이 효자 노릇을 하는 게 아버지는 너무나 기꺼운 모양이었다.

저녁을 먹기 위해 둘러앉은 가족들은 힘들게 장만한 텔레비전을 보면서 도란거리며 이야기를 나누었다.

비록 된장찌개에 꽁치구이와 김치가 전부인 밥상이었지만 가족들은 누구도 반찬 투정을 하지 않았다.

최강철이 슬그머니 입을 연 것은 텔레비전에서 요즘 화제가 되고 있던 드라마가 끝났을 때였다.

"아버지, 저 대학에 가겠습니다."

"응?"

"미리 말씀드리는 겁니다. 나중에 마음고생하지 말라고요."

"니 실력에 무슨 대학을 가. 똥통 정문고에서 겨우 중간 하는 놈이. 괜히 아버지 속 썩이지 말고 밥이나 먹어."

고3인 막내 누나 최강숙이 눈알을 부라렸다.

그러자 옆에서 피곤한 얼굴로 밥을 먹던 둘째 누나 최강희가 한심하다는 표정을 지으며 막내 누나의 편에 섰다.

둘째 누나는 여상을 졸업하고 지금 시청에서 임시 공무원으로 일을 했는데 막내 누나도 졸업하면 취업 전선에 뛰어들 계획이었다.

누나들이 왜 그러는지 너무나 잘 안다.

전생에서 어려운 가정 형편을 무시하고 끝끝내 우겨 삼류 대학에 진학하는 바람에 아버지는 집을 저당 잡혀 얻은 빚으로 최강철의 입학금을 내야 했다.

하지만 최강철은 못마땅하게 생각하는 누나들의 얼굴과 아무런 말씀 없이 자신을 지켜보는 부모님을 향해 담담하게 말을 이어나갔다.

"지금까지는 제대로 공부를 하지 않아서 내 성적이 그 모양이었지만 앞으로는 달라질 거야. 그러니까 누나들, 너무 걱정하지 마. 그리고 아버지, 저는 꼭 전액 장학생으로 서울대에 갈 겁니다. 만약 그렇게 하지 못하면 대학 진학을 포기할 테니 염려하지 마세요. 저는 아버지에게 누구보다 자랑스러운 아들이 될 테니 지켜봐 주세요."

가족들은 최강철의 말을 어린 나이에 있을 수 있는 치기라고 생각했던지 유쾌하게 웃고 말았다.

그도 반드시 믿으라고 한 말은 아니었다.

자신이 그들의 처지가 되었어도 믿을 수 없는 말이었으니 가족들의 반응은 당연한 것이었다.

밥을 먹고 방에 들어가 책가방을 열었다.

아직 학기 초라 배운 것이 별로 없었지만 그럼에도 교과서와 참고서가 너무나 깨끗했다.

예전의 그는 학교가 그저 놀러 다니는 곳이라 생각했던 게 분명했다.

책들을 주욱 늘어놓고 천천히 살펴보던 최강철은 책을 한쪽에 내려놓은 채 생각에 잠겼다.

오늘 하루.

단지 4시간의 수업만 받았을 뿐인데도 자신의 두뇌가 비상하게 변했다는 것을 알 수 있었다.

수학 선생님이 풀어준 방정식들은 원리가 간파되자 더 이상 들을 필요가 없었고, 다른 수업들은 단지 듣기만 했을 뿐인데도 그대로 암기되어 머릿속에 저장된 상태였다.

그렇다면 최고의 두뇌를 주겠다는 루시퍼의 약속이 지켜졌다는 것인데, 그가 첫 번째로 내걸었던 강철 같은 체력과 운동신경에 대한 것도 확인해 볼 필요가 있었다.

자신의 계획은 두 가지가 병행되었을 때 제대로 진행될 수 있기 때문에 능력에 대한 확인이 반드시 필요했다.

어느 정도 짐작은 간다.

아까 하굣길에 집까지 한 번도 쉬지 않고 3km에 달하는 거리를 뛰어왔으나 힘들지 않았던 것을 보면 몸은 그대로나 체력은 어느 정도 강해져 있는 게 틀림없다.

만약 예전의 그였다면 500m도 뛰지 못하고 허리를 숙인 채 숨을 헐떡였을 것이다.

방에서 나와 컴컴한 어둠을 뚫고 공터로 향했다.

영등포 일대는 공장이 많았고 버려진 땅들이 지천에 깔려 있어 어디서든 운동이 가능했다.

집에서 500m 떨어진 공터에 도착한 후 천천히 몸을 풀었다.

바짝 마른 몸매는 근육이 별로 없어 마치 마른 장작처럼 보일 정도였다.

천천히 몸을 푼 후 주먹을 쥐고 허공을 향해 스트레이트를 뻗었다.

쉬익.

정식으로 배운 게 아니었음에도 최강철의 주먹은 정확하게 목표했던 지점을 타격하고 빠르게 돌아왔다.

단지 한 번의 주먹을 내뻗은 후 최강철은 어이없다는 표정으로 자신의 주먹을 바라보았다.

정확한 임팩트.

허공을 찍고 돌아온 자신의 주먹으로 인해 뱀이 우는 소리가 새어 나왔다.

너무 기가 막혔지만 그는 다시 주먹을 들어 올린 후, 좌우로 움직이며 허공의 정해둔 지점을 향해 스트레이트와 훅을 날렸다.

쉬익, 쉬익, 쇄액!

점점 힘이 실린다. 그리고 허공을 타격하고 돌아오는 주먹의 스피드가 올라가는 것이 느껴졌다.

그런 상태에서 전력으로 움직이며 주먹을 날렸다. 강철 같은 체력과 운동신경을 준다고 했으니 한계를 시험해 보고 싶었다.

하지만 10분이 지나자 점점 느려지던 몸은 20분이 되어가자 움직이지 못했다.

이것이었나. 이제야 이해가 되었다.

루시퍼는 마지막으로 비릿한 미소를 지으며 몸의 에너지를 끌어 올려야 강철 같은 체력을 가질 수 있다고 했는데 현재 자신의 몸 상태로는 겨우 20분이 한계였다.

다시 말해 피지컬 훈련을 해야 한다는 뜻이었다.

그때는 이해하지 못했던 루시퍼의 말이 직접 몸으로 부딪치자 금방 이해가 되었다.

처음 해본 타격 연습에서 정확하게 임팩트를 할 수 있었던 건 그의 운동신경이 무섭게 발달되었다는 걸 의미하는 것이었으니 몸 상태만 제대로 가꾼다면 체력은 급격하게 증진될게 분명했다.

*   *   *

최강철이 복싱을 해야 되겠다고 생각한 것은 학교 수업이 거의 끝나가던 오후였다.

수업을 들으면서도 새로운 삶을 얻은 자신이 해야 할 일들을 끊임없이 생각했다.

루시퍼가 준 선물.

최강의 체력과 천부적인 운동신경, 최고의 두뇌와 강철 같은 심장을 얻었으나 자신이 원하는 것을 이루기 위해서는 근본적으로 부족한 것이 너무 많았다.

바로 돈과 인재, 그리고 배경이었다.

인재를 얻는 것은 서울대에 진학한 후 서서히 얻을 수 있었지만 돈은 그렇지 않았다.

미래에 벌어질 일들에 대해서 알고 있는 그로서는 성공을 위해 무엇보다 토대가 될 수 있는 돈을 버는 것이 가장 중요했다.

돈을 번다고 했으나 1980년 현재, 그가 할 수 있는 것은 아무것도 없었다.

아무리 뛰어난 두뇌를 가지고 있다 해도 고등학생 신분으로 버팀목이 될 수 있는 돈을 번다는 건 불가능에 가까운 일이었다.

그랬기에 단시간에 돈을 벌 수 있는 방법을 생각하다가 복싱을 선택했다.

현재 복싱은 대한민국뿐만 아니라 세계 전체에서 폭발적인 인기를 끌고 있었는데, 야구나 축구에 비해 막대한 파이트머니를 벌어들일 수 있었다.

루시퍼로부터 막강한 체력과 천부적인 반사 신경을 선물로 받았으니 충분히 가능한 일이었다. 더군다나 자신에게는 강철과 같은 심장과 뛰어난 두뇌가 있다.

만약 세계적인 선수로 클 수만 있다면 복싱은 단시간 내에 그에게 막대한 돈을 안겨줄 것이 분명했다.

*　　　　*　　　　*

이성일의 성적은 최강철과 비슷했다.

하긴, 거의 매일 붙어 다녔으니 시험 며칠 전부터 공부하는 시간이 같았고 IQ도 비슷해서 둘의 성적은 그 나물에 그 밥이었다.

이제 서서히 적응이 되기 시작했다.

과거로 돌아오고 일주일이 지나자 고등학생으로 살아가는 것이 점점 익숙해져 갔다.

그동안 최강철은 이성일과 함께 방과 후 복싱 체육관을 찾아다녔다.

이성일은 갑자기 웬일이냐며 툴툴거렸으나 최강철의 제안을 마다하지 않았다.

요즘 들어 위기 의식을 느끼고 있었기 때문이다.

정문고는 짐승들의 세계였다.

중학교 때와는 달리 블랙서클들이 난립을 하고 있었는데 요즘의 일진들과는 상대도 되지 않을 만큼 폭력적이었고 잔인했다.

체격이 형편없는 최강철과는 다르게 탄탄한 몸매를 지닌 이성일은 고등학교에 입학하면서 '밤안개'라는 블랙서클의 입단을 선배들에게 권유받았다.

하지만 이성일은 단호하게 거절했고 체육관 뒤로 끌려가 거의 반병신이 될 정도로 얻어맞았다.

그럼에도 이성일은 3일이 지나자 멀쩡하게 나타나 최강철을 향해 바보 같은 웃음을 지었다.

왜 그랬냐고 묻자 그는 아무런 말도 하지 않았다.

나중에야 알았다. 놈은 블랙서클에 들어가는 순간 최강철과 헤어지게 된다는 사실을 결코 받아들일 수 없었다는 것을.

선배들에게 맞은 것은 감수할 수 있었으나 같은 학년에 다니는 놈들이 설치는 건 참기 힘든 일이었다.

블랙서클에 가입한 놈들은 주기적으로 친구들에게 상납금을 받았는데 선배들에게 일정액을 바친 후 나머지 돈으로 담배를 사 피웠고 술을 마셨다.

놈들이 노리는 것은 그나마 제법 산다는 놈들이었다.

최강철이나 이성일 같은 떨거지들은 털어도 나올 것이 없기 때문에 아예 상납 목록에서 제외되었다.

그렇다고 해서 학교생활이 편한 건 아니었다.

놈들은 자신들의 행동에 걸리적거리면 여지없이 주먹을 들었고 이성일이 바로 그 대상 중 한 명이었다.

사건이 터진 것은 겨우 마음에 드는 복싱 체육관을 찾아내서 등록한 다음 날이었다.

가히 복싱 열풍이라고 불러도 될 정도로 복싱 체육관은 사람들로 북적였는데, 괜찮은 시설을 구비한 곳은 관비가 비쌌기 때문에 둘은 버스로 세 정거장이나 떨어진 외곽의 체육관을 골랐다.

오전 수업이 끝나고 점심을 먹은 후 최강철과 이성일은 운동장 근처의 벤치에 앉아 이야기를 나누고 있었다.

주로 이성일이 물었고 최강철이 대답했는데 요즘 갑자기 공부에 빠진 것과 복싱에 관한 이야기가 주제였다.

"야, 인마. 나 정말 어색해 죽겠어. 쉬는 시간에 네가 책을 보는 건 정말 꿈속에서나 상상했던 일이거든?"

"나 열심히 공부해서 대학갈 거다."

"지랄, 집안 어렵다고 돈 벌 거라는 게 불과 보름 전의 일이야. 사내놈이 변덕이 죽 끓듯 하는구만. 괜히 엉뚱한 생각하지 말고 때려치워. 너나 나나 이 실력으로 어딜 가겠냐"

"3년 동안 열심히 하면 어디든 갈 수 있어."

"얼씨구, 그런 놈이 복싱을 배운다는 건 또 뭐야?"

"같이하면 돼. 체력이 좋아야 공부도 하지."

전혀 이해하지 못하겠다는 이성일의 얼굴을 보면서 최강철이 씨익 웃었다.

자신의 생각을 말해준다면 이성일은 당장 일어나 병원에 가자고 설칠 게 분명했다.

낄낄거리며 농담을 하면서 시간을 보냈다.

대화의 수준이 형편없을 정도로 어렸으나 이성일과 같이

있다는 것만으로도 충분히 즐거웠다.

김원진과 그 패거리가 다가온 것은 둘이 자리를 털고 일어나 교실로 돌아가려 할 때였다.

점심시간이 다 되어갔기 때문에 예령 소리가 요란하게 울리고 있었다.

"뭘 봐, 씨발 놈아!"

이성일과 눈이 마주친 김원진이 대뜸 욕을 해왔다.

놈은 이성일보다 한 뼘이나 작은 키를 가지고 있었으나, 몸집이 당찼고 제법 주먹 솜씨가 있는 것으로 알려졌다.

이상하게 김원진은 이성일을 볼 때마다 시비를 걸어왔는데 이번이 벌써 세 번째였다.

김원진의 도발에 뒤에 서 있던 놈들이 웃었다.

놈들은 전부 정문고를 양분하고 있는 블랙서클 밤안개의 멤버들이었다.

하지만 웃은 건 놈들뿐만이 아니었다.

김원진의 도발을 받은 이성일은 가소롭다는 웃음을 얼굴에 띠었는데 까불면 죽여 버리겠다는 의미가 담겨 있었다.

비록 김원진이 제법 한가락 했으나 이성일에게는 안 된다.

이성일은 중학교 때부터 주먹으로 누구한테 빠지지 않는 실력을 가진 놈이었다.

"이 새끼가 미쳤나. 얻다 대고 다짜고짜 욕이야. 죽고 싶어?"

"하아, 이 씨발 놈. 그동안 정태 때문에 봐줬더니 안 되겠네. 이따 체육관 뒤로 와. 한판 붙자."

"좋아. 나도 좆만 한 놈이 설치고 다니는 게 눈꼴 시렸던 판이다. 갈 테니까 기다려."

낄낄거리는 놈들의 웃음이 더욱 진해졌다.

놈들은 둘의 싸움이 기대되는지 즐거운 기색을 숨기지 못했다.

웃지 못한 것은 최강철과 놈들 뒤편에 있던 이정태뿐이었다.

이정태는 중학교 때까지 이성일과 친한 사이였으나 고등학교에 들어와 밤안개에 가입하면서 소원한 사이가 된 상태였다.

"하지 마라."

"쪽팔리게 왜 이래. 그런 새끼한테 내가 질 것 같아?"

"당연히 네가 이기지. 하지만 얻어터지는 긴 너야. 잘 알잖아?"

"설마 그러겠어?"

"그놈들은 그러고도 남아. 그러니까 내 말 들어. 분명 다구리가 들어올 거다. 그 새끼들은 주먹으로 하지 않을 거야."

"씨발……."

과거의 기억.

그래, 맞다. 그때 그는 이성일과 함께 체육관 뒤로 갔다가 맨땅에 먼지 나도록 얻어터진 적이 있었다.

그랬기에 말렸는데 이성일은 잠시 동안 침묵을 지키더니 잇새로 강하게 말을 뱉어냈다.

"그래도 할 수 없어. 죽이 되든 밥이 되든 오늘 일을 끝내야 돼. 여기서 내가 나가지 않으면 그 자식들은 나를 완전히 쪼다 취급할 거다."

이성일의 눈빛을 보며 더 이상 말을 아꼈다.

아직 새파란 청춘이 몇 대 얻어터지는 게 뭐 그리 대수겠는가. 하지만 자존심에 상처를 입는다면 평생을 후회하게 될지도 모른다.

"그렇다면 하고 싶은 대로 해. 더 이상 말리지 않을게."

"대신 넌 따라오지 마. 괜히 끼어들었다가 너도 다칠 테니까."

"이 자식아, 걱정도 팔자다. 네가 가는데 내가 왜 안 가겠어. 가서 봐야지. 얼마나 얻어터지는지 내 눈으로 봐야 병원에라도 데려갈 거 아니냐."

"미친놈."

방과 후 가장 친한 친구 놈의 싸움이 있었지만 최강철은 오후 수업을 충실히 받았다.

새삼 느끼는 것이지만 루시퍼가 선물해 준 두뇌의 한계가 어디까진지 궁금해서 미칠 지경이었다.

도대체 자신의 IQ를 얼마로 세팅해 놨기에 그렇게 난해하던 수학은 물론이고 영어 문법과 단어들이 머릿속으로 거침없이 저장되는지 모를 일이었다.

나머지 과목들도 마찬가지였다. 원리의 이해는 선생님의 설명만으로도 충분하고 암기는 몇 번 읽어보는 것으로 머릿속에 저장되어 다시 보지 않아도 될 정도였다.

이 정도 능력이라면 방과 후 별도로 1시간만 공부해도 충분할 것이란 생각이 들었다.

수업에 집중하다 보니 시간은 빠르게 흘러갔고, 드디어 결전의 시간이 다가왔다.

이성일은 오후 내내 아무런 말도 없었다.

평소에 그토록 쾌활했던 놈이 막상 싸움이 결정되자 긴장하고 있는 것 같았다.

정문고의 체육관 뒤 공터는 블랙서클의 아지트였다.

정문고에는 두 개의 거대한 블랙서클이 존재했는데, 그중 하나가 밤안개였고 나머지 하나는 '타이거'란 명칭을 가지고 있었다.

세력이 비슷한 둘은 서로 정문고를 양분하며 공존했고 체육관 뒤 공터는 일이 생길 때마다 놈들이 애용하는 도살장이었다.

최강철은 따라오지 못하게 하는 이성일의 말을 거부하고 그와 함께 체육과 뒤편 공터로 향했다.

이미 놈들은 공터에 앉아 담배를 피우면서 낄낄거리고 있었는데, 싸움 당사자인 김원진은 어디서 구했는지 얇은 가죽 장갑을 낀 채 공터 중앙에 서 있었다.

"씨발 놈, 정말 왔네. 아주 죽으려고 환장했구나."

"누가 죽을지는 두고 보면 알 거 아니냐."

책가방을 내려놓은 이성일이 양쪽 어깨를 풀면서 공터 중앙으로 향했다.

밤안개 패거리들은 여전히 빙글거리며 두 사람이 싸우기를 기다렸다.

안다.

이 싸움의 결과를.

둘의 싸움은 이성일의 승리로 끝나지만 공터를 주욱 둘러싸고 있는 10명의 패거리가 곧 끼어들어 다구리를 친다는 것을.

그 선봉에는 이만석이 있었다.

이 자식은 진석중학교를 주먹으로 휘어잡은 놈으로, 태권도가 2단이고 골격도 큰 걸로 워낙 유명했기 때문에 정문고에 들어오자마자 밤안개의 리더인 김춘수가 스카우트한 놈이었다.

공터의 중간에서는 싸움이 시작된 지 불과 5분 만에 이성일이 김원진을 힘으로 찍어 눌러 바닥에 깔고 사정없이 주먹을 날리는 중이었다.

그대로 내버려 두면 곧 싸움이 끝날 텐데 과거처럼 이만석이 각목으로 이성일의 등짝을 후려갈기는 게 보였다.

최강철은 그 모습을 묵묵히 지켜보았다.

이만석이 앞장서자 뒤쪽에서 구경하던 놈들이 차례대로 싸움에 끼어들며 이성일을 향해 마구 주먹을 날렸다.

과거에는 그 모습에 격분해서 끼어들었다가 죽도록 얻어맞았지만 최강철은 끝끝내 놈들이 하는 짓을 지켜만 보았다.

겁이 나서가 아니었다.

루시퍼에게 선물받은 강철 같은 심장은 놈들의 행동에 겁먹을 정도로 하찮은 것이 아니었다.

그럼에도 끼어들지 않은 것은 자신의 계획에 차질이 발생하는 것을 우려했기 때문이다.

지금 당장 붙어도 천부적인 운동신경으로 몇 놈 정도는 처리할 수 있겠지만 아직 피지컬이 허약했기 때문에 부상을 당할 염려가 있었다.

선물받은 천재 두뇌는 지금 끼어들어 싸움을 하면 놈들을 전부 처리하기 어렵다는 판단을 내렸다.

과거에도 싸움에 끼어들었다가 팔이 부러지는 바람에 세 달이나 깁스를 하고 다닌 경험이 있었기 때문에 놈들의 비겁한 행태를 지켜보며 이가 악물려졌으나 끝내 참았다.

3년. 고등학교 3년 동안 복싱으로 명성을 날리기 위해서는 하루라도 헛되이 시간을 보낼 수 없었다.

맞는 와중에도 자신을 바라보는 이성일의 시선이 미치도록 불쌍했으나 최강철은 팔짱을 낀 채 그 모습을 지켜보기만 했다.

놈들의 구타는 거의 10여 분 동안 이어지다가 멈췄다.

그 시간 동안 이성일의 모습은 피투성이로 변했고 온몸이 흙으로 뒤덮여 몰골이 말이 아니었다.

최강철은 천천히 다가가 바닥에 쓰러져 있는 이성일을 부축해서 일으켰다.

그런 후 이만석을 향해 입을 열었다.

"실컷 팼으니까 이제 가도 되냐?"

"병신 새끼. 친구가 맞는데도 비겁하게 가만있다니 넌 남자도 아니야, 이 새끼야. 보기 싫으니까 당장 꺼져."

"이만석, 집단으로 한 사람을 구타해 놓고 비겁하다는 소리가 나와? 봐라, 성일이의 모습을. 아주 엉망이 되었잖아."

"우리한테 덤비는 놈은 그래도 싸. 그러니까 좆 까는 소리하지 말고 얼른 꺼져!"

"크크크… 가지. 그런데 말이야. 한 달 후 이 자리에서 다시 보자. 그때는 내가 너하고 한번 붙고 싶은데 괜찮겠어?"

최강철이 이를 드러내며 웃었다.

아무 때고 집단으로 사람을 때리는 놈들의 행동에 전혀 겁먹은 얼굴이 아니었다.

그걸 보면서 이만석이 어이없다는 표정을 지었다.

하지만 그는 곧 최강철의 행동에 가소롭다는 표정을 떠올렸다.

"아주 죽고 싶어서 환장했군. 개새끼가 어디서 주둥이를 놀려? 한 달 후라고 했지. 씨발 놈아, 즐거운 마음으로 기다려 줄 테니까 약속이나 지켜. 지금 당장 패 죽일 수도 있지만 그때의 기쁨을 위해 참아준다."

웃어라.

그러나 그 얼굴에 떠오른 비열한 웃음 때문에 넌 한 달 후에 지옥을 맛보게 될 것이다.

한 달이면 충분하다. 한 달이면…….

*   *   *

성호체육관으로 최강철이 들어서자 관장인 윤성호가 관원들을 가르치다가 천천히 다가왔다.

윤성호는 10년 전 라이트급 한국 챔피언까지 지냈으나 동양 챔피언 타이틀전을 앞두고 스파링을 하다가 망막을 다치면서 은퇴했던 불운한 천재였다.

선수 생활을 하는 동안 그의 원, 투 스트레이트는 복싱계에서 일품으로 통했는데 웬만한 선수들은 그의 연타 공격을 견디지 못하고 쓰러졌다.

그런 그가 영등포 변두리에 체육관을 차린 것은 워낙 독특한 성격을 지녀 남 밑에서 코치 생활을 하지 못했기 때문이다.

반골이라고나 할까.

조금만 자신의 생각과 달라도 그는 가차 없이 들이받았는데 그런 성격 때문에 커다란 체육관의 코치직을 5번이나 그만두었다.

아직 이른 시간임에도 체육관에는 5명의 관원들이 열심히 새도복싱과 샌드백을 두드리고 있었다.

그러나 시간이 되지 않아서 그럴 뿐. 워낙 현재의 복싱 열기가 대단해서 성호체육관의 전체 관원은 변두리치고는 꽤 많은 50명에 이르렀다.

"왜 혼자 왔어. 이틀 전에 같이 왔던 친구는 어쩌고?"

"집안에 일이 있어 며칠 못 올 것 같습니다. 아버지가 많이 아프시다네요."

거짓말이다.

지금 이성일은 놈들의 집단 구타에 여기저기 다쳐서 제대로 몸을 움직이기가 어려웠다.

"이런 젠장. 그럼 관비 돌려줘야 해?"

"아닙니다. 아버지 호전되시면 다시 나온다고 했으니까 그러지 않으셔도 돼요."

"다행이네."

윤성호가 슬그머니 얼굴을 폈다.

관원이 50명이나 되었지만 체육관을 운영하기에는 빠듯한 실정이었다.

더군다나 3명 빼고는 아직 데뷔전도 치르지 못한 놈들이기 때문에 별도의 수입도 생기지 않았던 차라 한 놈이 아쉬운 판이었다.

"너 이름이 뭐라고 했지?"

"최강철입니다."

"키와 몸무게가 어떻게 되냐?"

"178㎝에 60㎏입니다."

"어이구……."

윤성호의 입에서 저절로 한숨이 흘러나왔다.

아무리 관원 한 명이 아쉬운 판이라도 최강철처럼 허약한 놈이 복싱을 배우겠다고 왔다는 게 마음에 들지 않았다.

이런 놈은 길어야 한 달이다.

물론 좋은 점도 있었다. 대충 기초 훈련만 시키다가 돌려보내면 되니까 신경 쓸 필요도 없다는 것이다.

"복싱 배운 적 있나?"

"없습니다."

"싸움을 해본 적은?"

"싸워본 적도 없습니다."

갈수록 태산이다. 하긴, 이런 약골이 무슨 싸움을 해봤겠는가.

이놈은 학교에서 줄곧 얻어터지는 게 분해서 복싱을 배워보겠다고 온 놈이 분명했다.

그럼에도 그는 새로운 관원을 대하는 관장의 자세로 계속 말을 이어나갔다.

"좋다. 그건 그렇다 치고, 복싱은 왜 배우려고 하는 거지?"

"선수 생활을 해보려고 합니다. 저는 복싱으로 성공하고 싶습니다."

"푸하하하……."

최강철의 대답을 들은 윤성호의 입에서 폭소가 터져 나왔다.

복싱을 배우기 위해 오는 놈들이 대부분 하는 대답이었지만 그 말이 최강철의 입을 통해 나오자 결국 참지 못하고 웃음을 흘리고 말았다.

사람은 누울 자리를 보고 다리를 뻗어야 한다고 했는데 최강철은 구정물이 흐르는 도랑에서 멍청하게 다리를 뻗고 있었다.

그러나 자신도 모르게 웃음을 흘리던 윤성호는 곧 웃음을 멈추었다.

스스로 실책을 깨달은 그는 자신을 빤히 바라보고 있는 최강철을 향해 두 손을 들어 올렸다.

"미안. 솔직하게 조금 어이없어서 그랬다. 지금의 네 몸으로는 선수 생활을 한다는 게 불가능해 보여서."

"저는 꽤 괜찮은 주먹을 가졌다고 생각합니다. 일단 보고 판단해 주시죠."

"그래?"

놀림을 당했다고 생각했다면 얼굴이 붉어져야 정상인데 최강철은 전혀 표정을 바꾸지 않았다.

더군다나 눈앞의 말라깽이 놈이 호언장담을 하자 호기심이 동했다.

놈의 얼굴로 봤을 때 학교에서 얻어터지다가 온 놈의 면상이 아니었기 때문이다.

"그럼 어디 얼마나 괜찮은 주먹을 가졌는지 보자."

윤성호가 최강철을 데리고 샌드백이 있는 곳으로 향했다.

체육관에는 3개의 샌드백이 공중에 매달려 있었는데 그중 두개는 다른 관원이 차지한 채 구슬땀을 흘리고 있는 중이었다.

"어디 쳐봐."

윤성호가 고개를 까닥이며 바라보자 최강철이 책가방을 내려놓고 교복을 벗었다.

그런 후 가볍게 몸을 풀고 샌드백의 앞에 서서 글러브를 끼었다.

쉬익, 팡! 팡, 파앙……!

복싱을 배우겠다고 결심을 굳힌 후 체육관을 결정할 때까지 매일 공터에 나가 섀도복싱을 했다.

공간에 임의의 목표점을 만들어놓고 일주일 동안 연습했더니 점점 스피드가 빨라지고 있었다.

연속해서 두드리는 최강철의 주먹에 의해 샌드백이 흔들렸다.

하지만 최강철은 흔들리는 샌드백을 향해 한동안 주먹을 멈추지 않았다.

팡, 팡, 파앙……!

"환장하겠네."

윤성호가 샌드백을 두드리는 최강철을 바라보며 저절로 벌어진 입을 다물지 못했다.

정말 어이가 없어 기가 막혔다.

최강철의 체형은 금방 쓰러질 정도로 말랐는데 샌드백을 때리는 모습은 너무나 강렬해서 입이 저절로 벌어졌다.

무엇보다 놀라운 건 임팩트였다.

복싱을 배우지 않은 사람은 흔들리는 샌드백을 두드리는 것이 얼마나 어려운 일인지 잘 모른다.

더군다나 최강철이 지금 하는 것처럼 정확한 임팩트를 터뜨리기 위해서는 상당한 수련이 필요했다.

윤성호를 진정으로 놀라게 만들고 있는 것은 최강철이 한 지점만 계속해서 가격하고 있다는 것이었다.

움직이는 샌드백의 한 지점을 정확히 가격한다는 것은 고도의 집중력과 순발력이 필요했다.

아직 복싱을 제대로 배우지 못했기 때문에 폼은 엉성했고 펀치의 회수와 발진이 부드럽지 못했지만 임팩트 하나만큼은 발군이었다.

더군다나 펀치를 내는 속도도 처음 복싱을 배우는 놈이라고 믿어지지 않을 만큼 빨랐다.

그랬기에 그는 최강철이 샌드백을 두드리는 걸 중지시키지 않고 지켜봤다.

이미 훈련을 하고 있던 관원들은 행동을 멈추고 최강철의 모습을 지켜보는 중이었다.

그들 역시 의외의 상황에 상당히 놀란 눈치였다.

윤성호가 최강철을 중지시키지 않은 것은 체력을 보고 싶었기 때문이다.

과연 저렇게 말라빠진 몸으로 얼마나 많은 펀치를 내뻗을 수 있는지 궁금해서 미칠 지경이었다.

그가 손을 들어 최강철을 중지시킨 건 10분이 지났을 무렵이었다.

숨소리가 가쁘게 들려왔고 펀치의 속도가 눈에 띄게 줄어들었기 때문인데 그럼에도 윤성호의 얼굴은 굳어질 대로 굳어져 있었다.

10분.

복싱 선수에게 10분이란 시간은 지옥을 경험하기에 충분한 시간이었기 때문이다.

믿어지지 않았다.

처음 복싱에 입문한 놈이 이런 지구력과 펀치를 보인다는 것은 불가능한 일이었다.

"최강철, 이 자식. 너 어디 체육관 다니다 왔어!"

처음에는 믿지 못하던 윤성호는 최강철이 거듭해서 복싱은 처음이라고 뻗대자 천천히 기쁨의 웃음을 흘려냈다.

천재라는 말이 있다. 하늘에서 내려준 사람이란 뜻이다.

동양 챔피언을 목전에 두고 눈물을 흘리며 링을 내려와야 했던 그의 꿈은 자신의 손으로 직접 세계 챔피언을 키워보는 것이었다.

언감생심이란 것도 안다. 하지만 그런 꿈을 꾸지 않고서는 이 생활을 지속하기 어렵기에 희망을 가지고 살아가고 있었다.

세계 챔피언은 전국에서 복싱으로 성공하기 위해 피나는 훈련을 하고 있는 젊은 청춘들에게는 간절한 꿈이었지만 그중 성공하는 자는 10년에 한 명 나올까 말까 하다.

물론 최강철이 세계 챔피언 재목이라고 확신한 건 아니었다.

어떤 미친놈이 이제 막 글러브를 낀 신출내기가 조금 한다 해서 세계 챔피언 재목이라고 확신한단 말인가.

그럼에도 윤성호가 만면에 웃음을 띠운 것은 최강철의 자질이 그만큼 훌륭했기 때문이다.

제대로 키워 국가 대표라도 된다면 신생 성호체육관은 명문으로 자리 잡을 수 있을 것이다.

"최강철, 고등학교 1학년이라고 했지?"

"예."

"고등학생은 프로 선수가 될 수 없다. 알고 있나?"

"알고 있습니다. 저는 아마추어로 시작해서 올림픽에 나가고 싶습니다. 프로 전향은 그다음에 생각하고 싶습니다."

"이 자식아, 올림픽이 누구 집 애 이름인 줄 알아?"

"꿈은 크게 가지라고 했잖아요."

"말은 잘하네, 어린놈이."

"관장님, 어떠십니까. 제가 쓸 만한가요?"

"기본기가 많이 부족하지만 펀치력은 괜찮은 것 같다. 가르치면 꽤 하겠어. 어때, 제대로 배워볼 테냐?"

"그러려고 왔는데요."

"훈련을 시작하면 공부는 뒷전으로 미뤄야 해. 그래도 괜찮아?"

"공부는 제가 알아서 합니다. 걱정하지 마십시오."

최강철의 대답에 윤성호가 빙그레 웃었다.

맞는 말이다.

공부를 잘하는 놈이 미쳤다고 복싱을 배우겠다며 체육관을 찾았을까.

이런 건 괜한 기우에 불과했고 이 타이밍에 전혀 어울리지 않은 질문이었다.

"지금 네 체중으로는 라이트급이다. 키에 전혀 어울리지 않는 체급이지. 원래부터 그렇게 마른 거냐?"

"제대로 못 먹고 커서 그렇습니다. 더군다나 운동을 전혀 하지 않았기 때문에 근육량도 현저히 부족하고요. 앞으로 운동 열심히 하고 잘 챙겨 먹으면 괜찮아질 겁니다."

"이놈아, 고기는 나도 못 먹고 살아!"

"누가 관장님한테 고기 사달라고 했나요. 그렇다는 거죠."

"하여간, 너는 오늘부터 내가 직접 훈련시킬 테니 마음 단단히 먹고 따라와. 알았어?"

"예, 알겠습니다."

"네 말대로 너의 피지컬은 지금 너무 형편없다. 그래서 나는 오늘부터 당분간 피지컬을 증진시킬 수 있는 훈련과 기본기를 중점적으로 훈련시킬 생각이다. 네가 얼마나 열심히 훈련하느냐에 따라 복싱 인생이 결정된다는 거 절대 잊지 마라. 나는 네가 조금이라도 게으르거나 사고를 치면 바로 잘라 버릴 거다, 알겠어?"

노려보는 윤 관장의 말은 협박으로 들리지 않았다.

아마 그는 어린 나이의 고등학생 유망주를 놓치지 않기 위해 처음부터 기를 잡아놓고 싶어 하는 것 같았다.

그러나 최강철이 봤을 때 그의 행동은 우스운 것이었다.

54살의 나이를 살면서 세상의 수많은 더러운 것을 경험했던 최강철이었으니 이제 35살에 불과한 그의 협박이 마치 자장가처럼 들렸다.

그럼에도 최강철은 말없이 고개를 끄덕였다.

당신은 모를 것이다. 내 마음이, 그리고 인생을 다시 살아가야 하는 내 각오가 얼마나 간절하고 뜨거운지를.

최강철의 천부적인 운동신경을 직접 눈으로 확인한 윤성호는 그날부터 직접 훈련 스케줄을 짰다.

앞으로 훈련 과정을 통해 더 확인해 봐야 되겠지만 피지컬만 완성시키면 괴물이 탄생할 가능성이 컸기 때문이다.

최강철은 윤성호가 짜놓은 훈련 스케줄대로 철저하게 움직였다.

1980년, 동네 변두리 체육관 관장인 윤성호가 짜놓은 근력 강화 운동은 최신 웨이트 기구를 사용할 정도로 과학적이지 않았지만 단순하고도 효율적인 것이었다.

그가 최강철의 근력을 강화하기 위해 제시한 방법은 하체 근력 강화를 위한 로드워크와 상체 근력 강화를 위한 푸시업, 윗몸일으키기, 벽면 밀기, 턱걸이 등이었다.

윤성호가 가장 중점적으로 지시를 내린 건 로드워크였는데 펀치의 파괴력은 하체의 근력에서 뿜어져 나온다는 것을 너무나 잘 알고 있었기 때문이다.

매일 아침, 5km의 로드워크를 했다.

방과 후에는 윤성호의 관찰 아래 상체 강화 운동을 1시간 동안 한 후 복싱의 기본기를 익혔다.

복싱은 공격을 위한 타격법으로 잽, 스트레이트와 훅, 어퍼컷, 보디 공격뿐이었고 방어법은 블로킹과 더킹, 위빙, 스웨잉,

슬리핑 등이었다.

종류는 많지 않으나 막상 직접 해보면 무척이나 까다롭고 어려운 것들이었다.

하지만 최강철의 운동신경은 무서울 정도로 대단해서 그런 기술들을 솜이 물을 빨아들이듯 흡수하고 있었다.

남들이 몇 달 이상 배워야 가능한 동작들을 최강철은 불과 며칠 만에 소화했는데, 얼마나 정교하고 정확했는지 윤성호가 깜짝깜짝 놀랄 지경이었다.

놀란 건 이성일도 마찬가지였다.

놈들에게 구타를 당하고 몸이 괜찮아진 후부터 체육관에 나온 그는 불과 보름 만에 변해 버린 최강철을 보면서 입을 다물지 못했다.

매일 보던 그 비리비리했던 친구 놈이 아니었다.

그의 눈으로 봤을 때 최강철은 전설의 챔피언 알리를 보는 것처럼 화려하고 강력한 기술을 구사하는 것 같았다.

더욱 무서운 것은 한 달이 다 되어갔을 때 최강철의 체격이 완연하게 변하기 시작했다는 점이다.

말라깽이처럼 보였던 그의 몸매는 근력 강화 운동을 통해 근육이 붙기 시작했는데, 한 달 만에 몸무게가 3kg이나 불었다.

물론 운동만을 통해서 그런 건 아니다.

최강철의 식사량은 평소보다 두 배 이상 늘어났고 짜놓은 식단에 따라 삼겹살을 포함해서 충분한 단백질을 섭취했기 때문인데, 그로 인해 윤 관장의 지갑이 남아나지 않았다.

최강철이 섀도복싱으로 땀을 흘린 후 샌드백을 치기 시작하는 걸 옆에서 지켜보며 윤 관장을 팔짱을 낀 채 펀치의 수발 과정과 각도를 면밀히 체크했다.

조금이라도 잘못된 점이 있으면 즉시 교정시키기 위함이었다.

그러나 최강철의 스트레이트는 거의 완벽에 가까웠다. 얼마나 정교하게 임팩트가 되는지 샌드백이 터지는 소리가 나왔다.

한 달 동안 최강철은 잽과 스트레이트의 공격 기술을 익혔고 방어 기술로 더킹과 위빙을 배웠지만 그것만으로도 성호 체육관에서 그를 상대할 사람이 없었다.

윤 관장이 프로 복싱에 데뷔한 사람들을 한사코 그의 스파링에 붙이지 않은 것은 자칫 겨우 키운 선수들을 잃을지 모른다는 두려움 때문이었다.

체육관을 연 지 3년 만에 간신히 길러낸 선수들은 전부 4회 전짜리들이었기 때문에 무시무시한 운동신경을 지닌 최강철과 붙는다면 질 가능성이 농후했다.

더군다나 최강철은 요즘 들어 체력이 몰라보게 강해졌고 스피드도 더욱 빨라져 움직이는 속도가 대단해서 기본 스텝만 배웠는데도 웬만한 프로 선수들조차 그를 잡기 어려울 거란 판단이 들었다.

정말 기가 막힌 일이다.

불과 한 달 동안 훈련한 놈에게 선수들이 질까 봐 걱정하는 일이 생겼으니 요즘 들어서는 제대로 잠을 자지 못할 정도였다.

기쁘다.

이대로 계속해서 최강철이 그의 계획대로 따라와 준다면 세계 챔피언이 결코 꿈만은 아니란 생각이 들었다.

물론 벽에 가로막힌 것처럼 엄청난 난관들이 첩첩산중처럼 쌓여 있다.

그가 봤을 때 최강철의 몸무게는 이대로 계속해서 늘어날 경우 70kg까지 육박할 것으로 예상되었다.

아직 최강철의 나이는 17세에 불과했기 때문이다.

제대로 먹이고 근력 강화 운동을 하자 한 달 만에 몸무게가 3kg이 는 것을 봐도 충분히 알 수 있었다.

178cm란 그의 키로 봤을 때 주니어 웰터급이나 웰터급이 가장 적당한 체급이었다.

현재의 그 체급들은 그야말로 맹수들의 활약하는 정글의

세계나 다름없는 곳이었다.

링의 백작 아르게요를 비롯해서 아론 프라이어, 천재 복서 슈가레이 레너드, 링의 도살자 토마스 헌즈, 돌주먹 듀란 등 세기의 스타들이 활약하는 곳이 바로 그 체급들이었다.

그들은 한 명, 한 명이 전부 영웅이었고 전 세계 복싱 팬들을 열광시키는 강력한 챔피언들이었다.

하지만 한번 가슴속에 새겨진 희망은 최강철을 볼 때마다 점점 커져갔다.

단기간에 잽과 스트레이트를 완벽에 가깝게 익혔고 기본 방어 동작인 더킹과 위빙의 타이밍도 기가 막혔기 때문에 고급 기술들인 스텝들과 암 블로킹, 그리고 스웨잉과 슬리핑까지 가미된다면 최강철의 스피드로 봤을 때 웬만한 상대들은 그를 건드릴 수조차 없을 것이다.

거기에 덧붙여 환상적인 스트레이트에 강한 훅과 어퍼컷 능력이 가미되고 연타 능력까지 장착된다면 최강철이 전국 무대에서 이름을 날리는 것은 시간문제일 뿐이다.

더군다나 최강철의 펀치력은 점점 강해져 한 달이 지나자 관원들이 스파링을 전부 거부할 지경이었다.

1분을 버티지 못할 뿐만 아니라 워낙 충격이 커서 관원들은 윤 관장이 지목해도 슬금슬금 피하기 바빴다.

최강철은 체육관을 빠져나와 버스를 타고 집으로 돌아왔다.

그는 학교가 끝나면 지체 없이 체육관으로 가서 9시까지 훈련을 했는데 저녁은 언제나 윤 관장과 함께 먹었다.

그는 보름이 지난 후부터 최강철을 붙잡고 식단표를 짜서 저녁을 먹였는데 스스로 장을 봐 와 직접 음식을 했다.

윤 관장의 음식 솜씨는 훌륭했다.

어렸을 때 중국집에서 일을 했다고 하더니 못 하는 음식이 없었다.

그의 정성은 대단했다.

프로에 데뷔한 선수들이 있었지만 그의 관심은 온통 최강철에게 몰려 있었는데, 영양 보충을 위해 매일 저녁 식사를 준비한 돈만 해도 관비의 몇 배가 들 정도였다.

훈련이 끝나면 집으로 돌아와 공부를 했다.

부모님께는 운동을 한다고 말하지 않았기 때문에 최강철이 도서관에서 공부하다가 늦게 들어오는 줄 안다.

요즘 들어 어머니와 아버지는 불안한 눈으로 그를 지켜보고 있었다.

시험 때나 되어야 며칠 반짝 공부하던 아들이 어느 순간부터 미친 듯이 공부를 하고 있기 때문이었다.

그들 눈에는 그렇게 보였다.

매일같이 도서관에 간다는 것도 이상했지만 도서관에서 공부를 하고 돌아와서도 쉬지 않고 자정까지 공부하는 모습이 너무나 생소했다.

그럼에도 어머니는 최강철이 공부할 때마다 슬그머니 다가와 간식을 전해주고 돌아갔다.

6남매를 키웠으나 제대로 공부를 한 자식이 없었는데 최강철이 공부하는 모습을 보자 뭔가라도 해주고 싶은 마음이었다.

"뭘 공부를 그리 열심히 하는겨. 그러다 몸 상헐라."

"괜찮아요. 조금 있으면 시험이라서요."

"쉬엄쉬엄혀. 알았제?"

"예."

최강철은 어머니가 방에서 나가는 뒷모습을 애잔하게 바라봤다.

글만 간신히 쓸 줄 아시는 어머니는 학교 교육을 받아본 적이 없었고, 막내인 그를 나이 마흔에 출산하셨기 때문에 벌써 흰머리가 그득했다.

12시가 다 되어가자 천천히 참고서를 덮었다.

학교에서는 교과서 위주로 수업을 했기 때문에 집에 돌아와서는 참고서를 통해 배우지 않았던 내용들을 일일이 짚어 나갔다.

이제 보름 후면 학기말고사가 치러질 예정이었다.

자신이 있었다.

한 번 본 내용은 뇌 속에 고스란히 저장되었고, 수학의 방정식은 물론 과학의 원론까지 습득했기 때문에 어떤 문제가 나와도 틀릴 일이 없었다.

지금의 그에게 고등학교 1학년 문제는 대학생이 초등학교 1학년 문제를 푸는 것과 비슷한 것이었다.

생각 같아서는 시간을 아끼기 위해 학교를 그만둔 후 검정고시를 보고 싶었지만 정상적인 삶을 벗어나는 게 싫었고 부모님께 걱정을 끼쳐 드리는 것도 부담이 되었다.

또 하나는 자랑스러운 아들의 모습을 보여 드리고 싶었기 때문이다.

자라오면서 부모님께 걱정만 끼쳤지 자랑스러운 모습을 보여 드린 적이 없었다.

그의 인생 자체는 언제나 내세울 것이 없었기 때문에 남의 비위를 맞추며 살아온 하잘것없는 인생이었다.

아버지는 가끔가다 같은 회사에 다니는 동료들의 자식 이야기를 하면서 부러워하는 눈치를 보인 적이 있었다.

누구 아들이 일류 대학교에 들어갔다는 것과 누구 딸이 전교에서 1, 2등을 다툴 정도로 공부를 잘한다는 말들이었다.

과거의 그는 그 이야기를 들을 때마다 고개를 홱 돌리며 자리를 떴다.

자신에게 공부를 잘하라는 말씀은 아니었으나 남의 자식들과 비교당하는 것이 싫다는 생각 때문이었다.

그때는 몰랐다.

공부하라고 강요는 하지 않으셨지만 부모님도 그가 열심히 공부해서 좋은 성적을 거두기를 간절히 바랐다는 걸.

지금도 생생히 기억난다. 집안 형편이 어렵다는 것을 알면서도 삼류 대학에 합격하고 고집을 부리던 자신의 모습이.

계약직으로 근무하면서 쥐꼬리만 한 월급으로 6남매를 키우시던 아버지는 자신의 그런 모습을 그저 말없이 지켜만 보시다가 결국 집을 담보로 사채를 얻어 대학 입학금을 마련해 주셨다.

이제는 절대 그런 일이 반복되지 않을 것이다.

아버지와 어머니의 가슴속에 아픔을 만드는 자식이 아니라 착하고 자랑스러우며, 훌륭했던 자식으로 기억하게 될 테니 말이다.

제3장
야망II

기말고사가 다가오자 반의 분위기가 달라졌다.

고등학교 1학년의 삶은 뻔하다. 특히 똥통인 정문고의 학생들은 공부와 거리가 먼 놈들이 많았기 때문에 면학 분위기가 엉망이었다.

그럼에도 시험이란 괴물은 때가 되면 교실 분위기를 바꾸었다.

공부를 완전히 포기한 놈들에게는 하늘나라의 먼 이야기였지만 대학을 꿈꾸는 학생들에게는 이 시간이 너무나 중요했다.

"야, 이제 삐진 것 좀 풀렸냐?"

"이 자식아, 내가 삐지긴 언제 삐졌다고 그래!"

쉬는 시간이 오자 수업에 집중하던 최강철이 책을 바꾸며 묻자 이성일이 눈알을 부라렸다.

그는 밤안개 패거리들한테 집단 구타를 당한 후 치료를 하느라 고생했는데 전신에 각목으로 얻어맞은 멍이 빠지는 데 보름이나 걸렸다.

몸이 아프다는 핑계로 3일을 결석하고 겨우 학교에 나온 이성일은 한동안 최강철에게 말을 붙이지 않았다.

싸움에 따라오지 말라고 했지만 맞고 있는데도 가만히 있었던 최강철의 행동이 비겁하게 여겨졌기 때문이다.

그럼에도 며칠 지나자 없었던 일처럼 이성일은 최강철과 함께 예전처럼 붙어 다녔다.

학교는 물론이고 체육관까지 함께하며 시간을 보냈는데 아직까지 최강철은 심심할 때마다 이성일을 향해 수시로 그때의 상황을 들먹였다.

최강철이 피식 웃었다.

이성일의 마음속에 담겨 있는 아쉬움과 자신의 가슴속에 담겨 있는 분노는 성격이 다르지만 같은 종류의 것이었다.

교실 문이 벌컥 열리며 이만석이 몇 놈과 함께 들어온 것은 쉬는 시간이 반쯤 지났을 때였다.

놈의 등장에 교실에 있던 친구들의 표정이 급격히 굳어져 갔다.

놈은 1학년 짱으로 군림하면서 온갖 못된 짓을 했기 때문에 잘못 걸리면 험한 꼴을 당할 가능성이 컸다.

이만석이 저벅저벅 걸어오는 모습을 보면서 최강철이 슬그머니 웃음을 떠올렸다.

기다렸던 날이 이제야 왔기 때문이다.

한 달이란 시간이 지났지만 최강철은 먼저 도발하지 않고 놈이 오기를 기다렸다.

사고를 치기 위해서는 사건의 발단이 어떻게 벌어졌는지 여러 사람에게 보여주는 것이 유리하다는 걸 오래된 경험으로 충분히 알고 있었다.

"최강철, 이 씨발 놈아. 너 약속 어떻게 됐어. 한 달이나 지났는데 감감무소식이네. 왜, 시간이 되니까 죽는 게 겁나다?"

"……"

최강철은 아무런 대답을 하지 않았다.

그러자 이만석이 열받은 얼굴로 우직한 다리를 들어 책상을 걷어찼다.

"이런 병신 새끼, 바짝 졸았구만. 좋아, 그때는 친구 놈 맞는 것 때문에 정신이 돌았다고 이해해 준다. 너 같은 약골을 패서 송장 치르는 건 나도 싫으니까 고개 바짝 숙이고 잘

못했다고 빌어. 그러면 용서해 주지!"

"크크크… 미친놈."

"이 씨발 놈이 정말 죽으려고 환장한 모양이네."

최강철의 웃음을 들은 이만석이 앞으로 바짝 다가서며 주먹을 치켜들었다.

놈은 자신의 협박에 두려움을 느껴야 할 최강철이 웃음을 흘리자 이빨을 드러냈는데 충분히 열받은 모습이었다.

그러나 최강철은 놈의 도발을 보며 웃음을 더욱 진하게 만들 뿐이었다.

"이만석, 교실에서 지랄하지 말고 방과 후에 체육관 뒤로 나와. 네가 원한 대로 오늘 붙어줄 테니까. 대신 혼자 오지 말고 그때 있었던 놈들 전부 데리고 와야 한다. 알았어?"

1980년의 봄과 여름은 대한민국 역사상 가장 슬프고 치열했으며 고통스러운 기간이었다.

암살로 인해 박정희 정권이 무너지면서 신군부가 정권을 장악한 후 광주 학살이 벌어졌고 전국에서 신군부를 반대하는 대학생들과 지식인들의 데모가 끝없이 이어졌다.

그러나 군부의 철저한 통제를 받은 언론은 그러한 사실들을 제대로 보도하지 못했기 때문에 일반 국민들은 세상의 흐름과 격리된 채 하루하루를 살아갈 뿐이었다.

특히 고등학생의 삶은 더욱 그랬다.

아직 세상에서 벌어지고 있는 사건들을 제대로 알지 못한 학생들은 공부와 서열 정리에 정신을 팔고 있었다.

사람들은 고등학생 때를 질풍노도의 시기라고 부른다.

그만큼 뜨거운 피를 가졌고, 반항에 익숙했으며, 행동에 물불을 가리지 않는다는 뜻이다.

지금과 다르게 그때의 고등학교는 폭력에 관대했고 학교 측에서도 문제가 생기는 걸 극히 꺼렸기 때문에 웬만해서는 학생들 간의 싸움을 노출시키지 않으려 했다.

특히 질이 떨어지는 학교일수록 더했다.

부익부 빈익빈.

명문고일수록 뛰어난 학생들이 많았고, 질이 떨어지는 학교일수록 문제아들이 지천에 깔려 있으니 학교 폭력이 하루걸러 한 번씩 생겨날 정도였다.

군부독재에 익숙한 교사들은 살아남는 방법을 너무나 잘 알기에 그러한 싸움을 모른 체 눈감으며 학생들을 제어하는 수단으로 이용했다.

이만석이 쳐들어온 이후 최강철이 공부하는 3반은 초긴장 상태에 빠져들었다.

단순히 밤안개 패거리들이 폭력을 휘두른 것이라면 워낙 비일비재로 벌어지는 일이었기 때문에 그러려니 넘어갔겠지만 막상 최강철이 당당하게 싸움을 받아들이자 반 전체가 오후 수업에 집중하지 못하고 술렁거렸다.

불안, 초조, 동정, 비난 등의 감정들이 학생들 사이에 흘렀다.

최강철의 말도 안 되는 행동을 지켜본 학생들의 반응은 대체적으로 두 가지뿐이었다.

하나는 한 주먹거리도 안 되는 최강철이 이만석에게 도전한 것을 비난하며 자기들에게 불똥이 튈지 모른다고 불평하는 쪽과 다른 하나는 밤안개의 횡포에 당당히 맞선 용기를 부러워하면서 피떡이 되어버릴 최강철을 동정하는 것이었다.

그러나 가장 안절부절못한 사람은 이성일이었다.

스스로 한번 부딪쳐 봤기 때문에 밤안개 패거리들이 얼마나 비겁하고 잔인한지 너무나 잘 아는 이성일은 최강철이 막상 싸우기를 결정하자 오후 수업 내내 불안감을 숨기지 못했다.

한 달 만에 무섭게 변해 버린 최강철의 모습을 봤지만 열명이나 되는 놈들과의 싸움은 복싱과 다르다.

일 대 다수의 싸움은 그만큼 불리했고 비겁한 밤안개 패거리들은 분명 손에 무기를 들 게 뻔했기 때문에 어떻게 하든 말리고 싶은 심정이었다.

자책감. 그래, 자책감이 들어 어쩔 줄 몰라 했다.

놈은 자신이 당한 것에 대한 복수심 때문에 이런 결정을 한 것이 분명했다.

그럼에도 최강철은 자신의 불안감을 뒤로하고 수업에 열중하고 있었다.

이놈이 언제부터 이렇게 심장이 커진 걸까.

중학생 때부터 거의 4년을 사귀었지만 최강철은 착해서 싸움과 거리가 멀었고 성격도 나약해서 남들과 언쟁이 벌어져도 스스로 져주는 편이었는데, 언제부턴가 불쑥불쑥 보여주는 카리스마가 장난이 아니었다.

이윽고 모든 수업이 끝나자 모든 반 친구들이 최강철을 바라봤다.

그들의 눈은 전부 최강철이 정말 체육관 뒤로 갈 것인가에 대한 기대심과 불안감이 담겨 있었다.

"강철아, 종례 끝나면 바로 튀자."

"튀다니?"

"그 새끼들 체육관 뒤로 갈 테니까 담 넘어서 도망가자고."

"미친놈."

"이 새끼야, 정말 싸우면 다칠 수 있어. 뭐 하러 그런 짓을 해!"

"남자의 약속은 천금과 같은 거야."

"씨발, 정말 할 거란 말이냐?"

"그래."

"좋다. 그럼 오늘 같이 죽자. 개새끼들, 오늘 끝장내 버리지, 뭐."

오후 내내 했던 말을 한 번 더 해본 이성일이 똑같은 대답을 해온 최강철을 향해 시퍼런 눈빛을 보내왔다.

비록 보름 동안의 짧은 수련이었지만 이성일도 나름대로 타고난 싸움 실력에 복싱 기술을 익혔기 때문에 같이 싸울 생각인 것 같았다.

하지만 최강철은 그의 말을 들은 후 빙그레 웃었다.

"저번에 너 싸울 때 나는 가만히 있었잖아. 그러니까 너도 오늘 그냥 지켜만 봐."

"네가 싸우는데 내가 그냥 있을 것 같아?"

"응, 그냥 있어."

"이 미친놈이 무슨 소릴 하는 거야? 그렇게는 못 해. 일대일이라면 몰라도 그 새끼들 떼거리로 덤비면 내가 죽여 버릴 거야."

"네가 끼어들면 상황이 복잡해져. 그리고 내가 제대로 싸울수도 없고. 너 때문에 내가 제대로 싸우지 못하면 좋겠어?"

"으……."

"그러니까 내 말대로 해. 오늘 좋은 구경 시켜줄 테니까 재밌게 지켜보기나 해."

종례까지 끝나자 최강철은 이성일과 함께 천천히 체육관 뒤 공터로 향했다.

이성일이 당할 때는 그들 둘뿐이었지만 오늘은 그들 뒤로 십여 명이 따르고 있었다.

호기심을 도저히 참지 못한 놈들이 멀찍이서나마 싸움을 구경하려는 게 분명했다.

최강철이 체육관 뒤 공터로 향하는 오솔길을 따라 들어가자 이만석이 패거리들과 함께 담배를 피우며 낄낄거리고 있는 것이 보였다.

놈은 오늘 싸움을 안중에도 두지 않은 것처럼 전혀 긴장하지 않고 있었는데 같이 온 패거리가 11명이나 되었다.

그중에는 이성일과 시비가 붙었던 김원진도 포함되어 있었다.

최강철이 이성일을 뒤에 매달고 공터로 들어서자 패거리와 장난을 치던 이만석이 담배꽁초를 바닥에 던지며 다가오는 것이 보였다.

역시 비겁하고 졸렬하다. 놈들 옆에는 단단해 보이는 각목들이 줄지어 놓여 있었는데 수틀리면 무기를 사용하겠다는 뜻이었다.

"어이, 용감한 최강철. 정말 왔구나. 난 또 네가 도망갈까 봐 담장 쪽에 애들을 보내놨지 뭐야."

"그럴 리가 있나. 나는 너같이 비겁한 놈이 아니거든."

"하아, 이 새끼 정말 죽으려고 환장했군. 어떻게 사람이 한 순간에 변할 수 있지? 요즘 들어 자주 드는 생각인데 넌 또라이가 된 것 같아. 겁을 상실한 또라이 말이야."

"크크크… 또라이라. 그거 좋은 말이네."

최강철이 어이없어하는 이만석을 바라보며 하얗게 웃었다.

전혀 두려움 없는 웃음이었고 시선이었다.

뒤쪽에 있던 패거리들이 그가 웃자 욕을 해댔다.

특히 김원진은 그렇게 당하고도 따라온 이성일을 향해 이빨을 드러냈는데 바닥에 놓여 있던 각목을 든 채였다.

"이 개새끼들, 오늘 완전히 죽여 버리겠어. 만석아, 더 이상 말할 필요 없잖아. 저런 새끼들은 박살을 내놔야 기어오르지 못해."

"넌 가만있어!"

김원진이 한 발 앞으로 나오자 이만석이 눈알을 부라려 그가 다가오지 못하도록 만들었다.

웃긴 일이지만 놈들 사이에서도 서열이 확실한 것 같았다.

김원진을 제압해서 뒤로 물러나게 만든 이만석이 다시 최강철을 보면서 공터 중앙으로 이동했다.

놈의 얼굴에는 여전히 비릿한 웃음이 흐르고 있었는데 최강철과의 싸움을 통해 오랜만에 스트레스를 해소하고 싶어

하는 기대감이 담긴 것이었다.

"저놈이 나와 한판 붙고 싶다는 말 들었지. 이건 내 싸움이니까 너희는 끝날 때까지 끼어들지 마. 우리한테 덤빈 것에 대한 처벌은 그다음이야. 알았어?"

완전히 양아치의 전형적인 행동.

이만석은 최강철과의 싸움이 끝나면 패거리들에게 먹잇감을 넘겨주겠다는 말을 자연스럽게 하고 있었다.

최강철이 교복을 벗고 공터로 나간 것은 놈의 말에 패거리들이 하이에나처럼 만족스러운 웃음을 흘리고 있을 때였다.

"이 새끼들이 완전히 좆 까는 소리를 하고 있네."

최강철은 런닝만 입은 채 자신을 기다리고 있는 이만석에게 다가가며 지체 없이 주먹을 날렸다.

선전포고? 그런 건 없다.

비겁한 싸움이 시작되었으니 오직 짓밟을 일만 남았을 뿐이다.

움찔하며 뒤로 물러서는 이만석의 안면에 정확하게 잽을 날려 균형을 무너뜨리고, 최강철의 오른쪽 스트레이트가 번개처럼 터졌다.

쉬익!

피하고 싶다 해서 피할 수 있는 주먹이 아니었다.

빠르게 뻗어나간 정권이 놈의 코를 가격하고 돌아오는 순간, 최강철이 접근하면서 놈의 비어 있는 좌우 복부를 갈겼다.

태권도 2단에 빛난다던 이만석이 복부를 맞고 허리를 숙이는 순간, 사이드스텝으로 돌았던 최강철의 좌우 스트레이트가 또다시 그의 안면에 작렬했다.

설명은 길었지만 불과 10초도 안 된 사이에 벌어진 일이었다.

이만석은 그 짧은 시간에 사지를 늘어뜨리고 바닥에 추욱 늘어졌는데, 뒤에 있던 패거리 놈들은 아직도 벌어진 상황을 받아들이지 못하고 버벅거리는 중이었다.

이만석이 쓰러지자 최강철은 곧장 몸을 놀려 그런 놈들 사이로 파고들었다.

맨 앞에 각목을 지팡이 삼아 구경하겠다며 서 있던 김원진이 첫 번째 제물이었다.

최강철은 번개처럼 접근해서 김원진의 안면에 강력한 스트레이트를 꽂아 넣은 후, 그 옆에 서 있던 놈의 관자놀이를 가격했다.

급소를 맞은 놈들이 바닥에 쓰러지는 순간, 최강철의 몸이 그대로 뒤에 있는 놈들을 향해 움직였다.

냉철하게 이어지는 판단력은 놈들이 바닥에 있는 무기를 들지 못하도록 만드는 것이 먼저라는 명령을 내렸기 때문에 그의 행동은 급속했고 무차별적이었다.

양 떼에 뛰어든 맹수.

순식간에 친구들이 쓰러지는 걸 보며 당황한 놈들은 최강철의 공격에 제대로 대응조차 못 하고 얻어터졌는데 한 방, 한 방에 전의를 상실했다.

최강철의 주먹은 무시무시했다.

그의 주먹이 허공을 가를 때마다 밤안개 패거리들이 픽픽 나가떨어졌다.

뒤늦게 몇 놈이 주먹을 휘두르며 덤볐으나 위빙과 더킹을 이용해서 놈들의 공격을 무력화시킨 최강철의 반격에 얼굴을 얻어맞고 비틀거리며 물러났다.

최강철은 마치 야차와 같았다.

패거리들이 전부 땅에 처박혀 신음을 흘렸으나 그는 그런 놈들을 향해 다가가 하나씩 곤죽을 만들었다.

"살려줘, 잘못했어. 아악… 아이고, 나 죽네!"

놈들의 비명이 사방에 흘러 다녔다.

그러나 최강철은 절대 그냥 돌아갈 생각이 없는 것처럼 보였다.

특히 최강철은 이만석과 김원진을 집중적으로 팼는데, 시간이 흐르자 놈들은 고통을 참지 못하고 바지에 오줌까지 지렸다.

한번 손을 댈 때 확실하게 대지 않으면 다시 덤빈다는 것을 경험으로 너무나 잘 안다.

그럼에도 이전 삶에서는 그렇게 하지 못했다.

예전에는 알면서도 못 했던 행동들이었으나 변해 버린 그의 강철 같은 심장은 눈 하나 깜박하지 않고 놈들을 박살 내고 있었다.

얼마나 시간이 지났을까.

패거리가 전부 바닥을 설설 기며 정신을 차리지 못할 때, 이성일이 달려들어 최강철을 붙들었다.

그대로 두면 놈들을 모두 죽여 버릴 것 같았기 때문이다.

그런 이성일의 행동에 최강철이 들어 올렸던 주먹을 천천히 거둬들였다.

최강철이 입을 연 것은 바닥에 쓰러졌던 놈들이 그의 눈치를 보면서 여전히 비명을 지르고 있을 때였다.

"지금 이 순간을 잊어버리지 마라. 성일이 때문에 지금은 돌아가지만 다음에 다시 이런 기회가 온다면 그땐 확실히 죽여주지. 내 말이 믿기지 않으면 다시 덤벼도 좋다. 언제든지 말이야."

최강철이 바닥에서 기어 다니는 놈들로부터 몸을 돌려 빠져나오자 멀리서 구경하고 있던 놈들이 정신없이 도망치는 게 보였다.

놈들 눈에는 싸움이 끝난 지금 최강철이 괴물로 보이는 모양이었다.

다음 날이 되자 소문이 빠르게 흐르기 시작했다.

소문의 시작은 호기심 때문에 저 죽을지 모르고 구경 왔던 놈들로부터 시작되었다.

특히, 김주동은 어제 벌어졌던 일들을 친구들에게 떠벌이고 다녔는데 무협지에서 나오는 천하제일고수를 본 것처럼 말했다.

"그냥, 뭐. 붕붕 날아다니는데 주먹 한 방에 전부 쓰러지더라고. 최강철, 와우. 정말 무시무시했어."

"이 자식아, 뻥 좀 그만 튀겨. 최강철이 새냐, 방방 날아다니게?"

"네가 직접 못 봐서 그래. 그렇게 세다는 이만석이 단 5초만에 뻗었다니까. 그건 사실 아무것도 아니야. 뒤에 서 있던 놈들, 11명이 전부 쓰러지는 데 걸린 시간이 불과 5분밖에 안 걸렸어. 나는 걔가 움직이는 걸 제대로 보지도 못했다."

"정말이야?"

"그래, 인마, 전설의 시라소니가 와도 상대가 안 되겠더라니까. 어제 깨진 놈들 오늘 전부 결석한 거 보면 몰라? 아마, 며칠 동안은 일어나지 못할 거다."

"강철이, 그 자식 중학교 때는 비실비실했잖아."

"그건 고등학교에 와서도 마찬가지였지."

"혹시 우리 몰래 무술을 배운 건가?"

김주동의 말을 들은 친구들이 의아함을 감추지 못하고 자신들의 의견을 말했다.

일이 벌어지기 전까지 최강철은 정문고 주먹 세계에서 서열에조차 끼지 못했기 때문이다.

하지만 김주동은 그들의 말을 들으며 인상을 북북 긁었다.

"이 자식들아, 사람을 외모로 평가하면 안 되는 거야. 진정한 고수는 강철이처럼 은둔하고 사는 건데 우리가 몰라서 까불었던 거지. 아휴, 그나저나 큰일 났네. 저번에 청소 당번 때 강철이만 남겨두고 도망갔었는데……."

최강철은 가방을 둘러메고 학교에 온 후 눈살을 가볍게 찡그렸다.

학생들은 그를 보면서 존경과 두려움이 동시에 담긴 시선을 보내면서도 눈이 마주치면 피하느라 정신이 없었다.

교실에 들어왔어도 마찬가지였다.

그가 등장하자 먼저 와서 시끌벅적하게 이야기를 나누던 놈들이 한꺼번에 입을 다물었기 때문에 순식간에 교실이 고요한 정적 속으로 빠져들었다.

최강철은 가방을 내려놓으며 그런 친구들을 슬쩍 바라보고 싱그러운 웃음을 지어 보였다.

어제 치른 일을 기회로 친구들을 겁박할 생각은 추호도 없었고, 앞으로 벌어질 일들을 생각하면 친구들에게 좋은 인상을 남겨둘 필요가 있었다.

학년 주요 멤버들이 그에게 전부 작살이 난 지금, 정문고를 양분하고 있는 밤안개는 비상이 걸렸을 게 분명했다.

하지만 두렵다는 생각은 가지지 않았다.

아니, 오히려 이왕 손을 댄 이상 뿌리를 뽑아놔야 나머지 학창 시절이 편해질 거란 판단을 내리고 있었다.

그랬기에 그는 기다렸다.

밤안개의 짱인 김춘수는 타이거의 리더인 정용택과 함께 주먹으로 유명한 놈이었는데 들리는 바로는 복싱을 하고 있다는 소문이 돌았다.

그렇다면 더욱 잘된 일이다.

복싱을 하고 있다는 김춘수와 오랫동안 유도를 했다는 불곰 정용택만 잡으면 블랙 서클들은 그가 졸업할 때까지 아무 짓도 못 할 것이다.

"이 새끼가 미쳤나. 그걸 지금 나한테 믿으라고?"

"선배님 사실입니다. 직접 눈으로 본 놈들한테 들은 말입니다."

"좆 까!"

김춘수가 자리에서 벌떡 일어나며 뒷짐을 선 채 보고를 하던 2학년 짱 고인철의 얼굴을 후려갈겼다.

단 한 방에 휘청하며 고인철은 뒤로 나가떨어졌다.

복싱을 했기 때문인지 슬쩍 친 것 같은데도 임팩트가 제대로 들어가 무방비 상태인 고인철은 균형을 잃고 바닥에 쓰러졌다.

김춘수가 그들의 아지트인 창고에 들어와 어제 벌어졌던 일을 보고받은 것은 10분 전이었다.

1학년 교육을 맡고 있는 고인철은 잔뜩 두려운 얼굴로 그를 찾아왔는데 이야기를 듣자 기가 막혀 말도 제대로 나오지 않았다.

항상 타이거에게 눌려 기를 펴지 못하던 밤안개를 동등한 세력으로 만든 것은 그가 짱이 되고 난 후부터였다.

언제나 학년에서 탑을 영입한 타이거와의 대결에서 번번이 졌던 밤안개는 김춘수가 불곰 정용택과 치열한 접전을 치르며 밀리지 않았기 때문에 타이거와 같은 반열에 들어섰던 것이다.

그런 노력이 한순간에 물거품이 될 위기에 처하자 보고를 받은 김춘수는 바짝 독이 오른 뱀처럼 눈이 푸르게 변해갔다.

"그 개새끼 어디 있어?"

"교실에 있을 겁니다."

"데려와. 내가 오늘 그 새끼를 죽여 버릴 테니까. 씨발 놈이 감히 밤안개를 건드려!"

다시 일어선 고인철이 대답하자 김춘수가 이빨 사이로 으르렁댔다.

그는 당장에라도 최강철을 박살 낼 기세였다.

그때, 옆에 서 있던 한용수가 김춘수를 말리고 들어왔다.

그는 3학년이었고 밤안개의 짱인 김춘수의 오른팔로서 머리가 비상한 놈이었다.

"춘수야, 오늘은 안 돼."

"뭐가 안 돼, 이 새끼야. 그럼 그놈을 그냥 내버려 두란 말이냐?"

"꼰대들 신경이 바짝 곤두서 있을 거야. 애들이 집단으로 결석하는 바람에 이미 다 알고 있을 거란 말이지."

"그래서?"

"이제 곧 시험 기간이다. 너도 알다시피 시험 기간에는 전 학교가 긴장 속에 빠져들잖아. 이때 사고를 치면 위험해. 일을 벌여도 시험이 끝나고 벌여야 탈이 안 생겨."

"이런, 씨발."

"어차피 터진 놈들은 1학년들이야. 밤안개가 이렇게 성장한 건 전부 너로 인한 것이니까 애들이 병신 짓을 했지만 아무도 우리를 우습게 생각하지 못해. 그러니 조금만 기다리자고. 시험 끝나면 선생들도 긴장이 풀어져서 그놈을 조져도 지금까지 해왔던 것처럼 조용하게 넘어갈 거야."

정문고의 학생주임 김영봉은 12명이나 되는 밤안개 패거리들이 한꺼번에 결석을 하자 바짝 독이 올랐다.

벌써 결석 3일째.

비록 사고뭉치들이었고 학교에 없는 게 편한 놈들이었지만 시험 기간이 다가오자 긴장으로 인해 몸이 들썩거렸다.

다른 때라면 몰라도 시험 기간에는 무슨 일도 벌어지면 안 된다.

교장 선생은 물론이고 재단 이사장은 학교에서 벌어지는 일이 외부로 빠져나가는 걸 극도로 싫어했다. 특히 시험 기간은 학부모들의 신경이 바짝 곤두서기 때문에 다른 때와는 다르게 일이 벌어지면 입단속하기가 어려웠다.

만약 일이 생긴다면 모든 책임은 학생주임인 그가 1차적으로 져야 했으니 사전에 문젯거리를 없애 버리는 게 최선의 방법이었다.

김영봉은 학생들 사이에서 벌어지는 일들에 대해 가장 잘 아는 사람이었다.

각 반마다 정보원을 심어놓았고 밤안개와 타이거에도 그의 말이라면 꼼짝 못 하는 놈들이 있기 때문이었다.

여러 경로를 통해 알아본 결과, 김영봉은 믿지 못할 말을 들었다.

전교생을 거의 모두 파악하고 있는 그에게 최강철은 관심 순위에서 가장 밑바닥을 헤매는 놈이었다.

그런 최강철이 밤안개 패거리 12명을 전부 작살냈다는 것이었다.

처음에는 믿지 못했으나 여러 명이 똑같은 소리를 하자 더이상 믿지 않을 수가 없었다.

그랬기에 그는 방과 후 최강철을 조용하게 상담실로 불러들였다.

"앉아."

"예, 선생님."

최강철이 공손하게 인사하고 의자에 앉자 김영봉이 노련한 시선으로 그의 전신을 훑었다.

그러고는 잠시 의아한 표정을 지었다.

학기 초에 봤던 몸매가 아니었다.

자세히 보면 꽤나 잘생긴 얼굴이었으나 큰 키에 어울리지 않게 몸이 워낙 약골이라 외모를 갉아먹었는데 지금 보니 약골이란 생각이 들지 않았다.

선입감인가?

밤안개 패거리들을 전부 때려눕혔다는 말을 들었기 때문에 최강철의 몸이 탄탄하게 변했다는 느낌이 든 건지도 모른다.

"너 며칠 전에 밤안개 놈들하고 싸웠다면서?"

"예, 선생님."

"왜 그랬지?"

순순히 최강철이 시인을 하자 김영봉이 눈을 지그시 오므렸다.

잘못을 한 놈들은 대부분 자신의 잘못이 드러나면 바짝 긴장하는 게 정상인데 최강철은 전혀 그런 모습이 보이지 않았다.

대신 최강철은 평온한 목소리로 사건의 전말을 설명했다.

밤안개 패거리들이 정당한 이성일의 싸움에서 집단으로 린치를 가했고, 며칠 전에는 자신을 상대로 싸움을 걸어왔기 때문에 어쩔 수 없이 벌어진 일이었다는 것이다.

말을 듣고 보니 충분히 있을 수 있는 일이었다.

하지만 그의 입이 떠억 벌어진 건 최강철의 마지막 말이 꽤나 충격적이었기 때문이다.

"선생님, 걔들은 어디 부러지거나 치명적인 상처를 입지 않았을 겁니다. 제가 그런 데는 피했거든요. 그리고 조만간에 밤안개 패거리들이 저를 손보려고 할 것 같습니다. 그래서 말인데요. 제가 학교를 청소할 생각입니다."

"그게 무슨 소리냐?"

"우리 학교를 엉망진창으로 만들고 있는 밤안개와 타이거를 청소하겠다는 말입니다. 크게 사고는 치지 않겠습니다. 조용하게 블랙 서클을 이끌고 있는 김춘수와 정용택을 때려잡을 테니 선생님은 모른 체해주십시오."

"음……."

김영봉이 자신도 모르게 신음을 흘려냈다.

김춘수와 정용택은 고등학생답지 않게 아주 악질적인 놈들이었다.

워낙 깡다구가 좋았고 주먹 실력도 남달라서 선생들이 뭐라 해도 콧방귀를 뀌기 일쑤였고, 학생들에게는 똘마니들을 동원해서 돈을 갈취했기 때문에 학교에서 봤을 때는 최악의 골칫거리들이었다.

그런 놈들을 최강철이 혼자 청소하겠다고 하자 저절로 입이 떠억 벌어졌다.

정말 그렇게만 된다면 쌍수를 흔들면서 춤을 춰도 모자랄 판이었으나 그의 입에서 나온 말은 전혀 다른 것이었다.

"이놈아, 눈을 감으라니. 그게 학생주임한테 할 소리야!"

"저는 요즘 열심히 공부하고 있으니 이번 학기말 고사에서 좋은 성적을 낼 수 있을 겁니다. 다시 말해서 학교가 간절하게 원하는 모범생이 될 거란 말이죠. 저는 정문고가 더 이상 블랙 서클들에게 더러워지는 학교로 남기를 원하지 않습니다.

선생님, 제 편이 되어주십시오. 그러면 나머지는 제가 알아서 처리하겠습니다."

*   *   *

시험이 눈앞으로 다가왔으나 최강철은 운동하는 것을 빼먹지 않았다.

이미 전 과목에 대한 시험공부는 마친 상태였고 심지어 아직 배우지 않았던 것들까지 입력해 놓았기 때문에 과거에 했던 것처럼 벼락치기 공부는 필요 없었다.

루시퍼에게 선물받은 최고의 두뇌는 무지막지할 정도의 능력을 가지고 있었다.

고1 정도의 수학 능력을 처리하기엔 아까울 정도로 말이다.

그리고 지금은 무엇보다 복싱 기술을 배우고 익히는 것과 피지컬을 증진시켜 체력을 강화시키는 것이 중요했다.

그가 생각하고 있는 계획을 차근차근 실천하기 위해서는 최대한 빨리 궤도에 진입할 필요가 있었다.

윤 관장은 최강철의 근력이 붙으면서 점점 체력이 올라가자 본격적으로 훅과 어퍼컷, 그리고 연타 기술을 가르쳤고, 복싱에서 가장 중요한 블로킹에 대해서 직접 시범을 보였다.

훅은 최단 거리에서 상대를 서서히 격침시키는 스트레이트와 달리 원거리에서 날아가 한 방에 적을 무너뜨리는 미사일 포와 같은 것이었다.

스트레이트는 잽과 함께 병행되면서 순간 스피드를 이용했지만 혹은 힘의 응축 과정을 거쳐 원거리를 날아가 강력한 충격을 주는 기술이었다.

또 하나의 무기 어퍼컷은 실전에서 가장 유용한 펀치 기술이었다.

고개를 숙이는 상대의 목덜미를 뜯어버리는 기술로써 만약 그가 어퍼컷을 익혔더라면 밤안개 패거리들은 훨씬 커다란 고통을 맛봤을 것이다.

윤 관장은 혹과 어퍼컷의 기본 원리를 가르쳐 준 후, 며칠 되지 않아 곧바로 방어 기술과 스텝에 대한 시범으로 들어갔다.

그는 최강철의 습득 능력이 엄청나다는 것을 지난 한 달 동안 눈으로 직접 확인했기 때문에 기술을 가르쳐 줄 때마다 눈에 열기가 가득 찼다.

"강철아, 지금부터 블로킹을 가르쳐 줄 테니 잘 봐라. 블로킹에는 두 가지가 있다. 암 블로킹과 숄더블로킹이란 것이다. 먼저 암 블로킹이다."

윤성호가 시범 조교로 나선 관원의 펀치를 양팔을 이용해서 커버링하는 것을 보여주었다.

관원의 펀치를 그는 팔꿈치의 각도를 틀어 교묘하게 팔로 블로킹했는데 관원이 전력으로 던지는 펀치들이 전부 그의 팔에 걸렸다.

최강철은 윤 관장의 움직임을 보면서 유심히 팔꿈치의 움직임을 관찰했다.

암 블로킹의 기본은 팔꿈치의 회전과 상하 움직임에 있다는 원리가 금방 간파되었는데, 관원이 펀치를 내는 순간 윤 관장의 팔이 반사적으로 이동하는 것이 보였다.

"다음은 숄더블로킹이다."

윤 관장이 턱짓을 하자 관원이 그의 얼굴을 향해 펀치를 날렸다.

방금 보여주었던 것과 다른 것이 있다면 윤 관장의 왼쪽 어깨가 자신의 왼쪽 턱을 완벽하게 가리고 있다는 것이었다.

"봤겠지만 숄더블로킹은 너같은 오른손잡이가 강력한 훅을 가진 상대의 펀치로부터 가장 취약 지점인 턱을 보호하는 방법이다. 다시 말해, 암 블로킹이 실패했을 때 치명적인 타격을 피하기 위한 방어 기술이다."

이해가 된다.

윤 관장의 설명과 시범은 한 번뿐이었지만 금방 두 가지 방어 기술의 핵심이 머릿속에 저장되었다.

복싱은 과학이란 말이 새삼 정확한 표현이란 생각이 들었다.

그가 배운 위빙과 더킹은 물론이고 지금 배운 블로킹 역시 상대의 펀치 각도를 계산해서 가장 효율적으로 피하는 회피 기술들이었다.

새로운 기술들을 보게 되자 가슴이 뛴다.

비록 밤안개 패거리들을 집단으로 쓰러뜨렸으나 자신은 이제 막 복싱에 입문한 햇병아리나 다름없는 존재였기에 아직도 배워야 할 기술들이 산더미처럼 쌓여 있었다.

그러나 걱정과 두려움 대신 희망과 기쁨이 가슴에 가득히 들어찼다.

지금 이대로라면 루시퍼가 선물해 준 운동신경과 체력으로 최단 시간 내에 복싱 기술들을 완벽하게 익힐 자신이 있었다.

"그리고 마지막으로 스텝이다. 스텝의 종류에는 네 가지가 있는데 바로 전진 스텝과 백스텝, 좌우 사이드스텝이다. 각각의 스텝은……."

과외나 학원은 최강철의 집안 형편으로 봤을 때 꿈도 꾸지 못하는 것이었다.

정문고에도 제법 부유한 환경에서 자라나 대학을 희망하는 놈들이 꽤 있었기 때문에 학교 주변에는 학원들이 우후죽순처럼 존재했지만 최강철은 과거에도, 지금도 그런 곳엔 가본 적이 없었다.

시험이 당장 내일로 다가왔지만 최강철은 체육관에서 훈련하다 오랜만에 가족들과 저녁을 먹기 위해 이른 저녁 집으로 돌아왔다.

오늘은 일요일이라 일찍 체육관에 갔었고 내일이 시험이었으니 저녁에 마지막으로 시험 범위에 있는 내용들을 훑어볼 생각이었다.

버스 정류장에서 내려 천천히 걸어갈 때 집으로 가는 골목길에서 어머니의 모습을 봤다.

어머니는 단골 가게 주인과 이야기를 나누고 있었는데 손에는 콩나물과 생선, 사과 등이 담긴 봉지가 들려 있었다.

"강철 엄마, 정말 이럴 거야? 얼마라도 갚아줘야 나도 먹고 살지!"

"미안혀. 낼 모레 월급날이니까 그때 한꺼번에 줄게."

"어련히 그러겠다. 많이 쌓였으니까 반이라도 갚아."

가게 아줌마가 어머니를 향해 사람 좋은 웃음을 짓는 게 보였다. 오랜 세월 함께해 온 가게 주인은 누구보다 집안 사정을 잘 알기에 웃음으로서 어머니의 난처함을 상쇄시켜 주고 있었다.

그 웃음을 받으며 어머니가 계면쩍게 미소를 지었다.

상대방이 아는 거짓말을 해야 하는 어머니의 마음은 어땠을까.

집과 가까이 있는 가게는 어머니의 단골이었는데 외상으로 물건을 샀기 때문에 아버지의 월급이 다가올 때면 언제나 재촉을 받는다.

그럼에도 어머니는 언제나 외상값을 전부 갚지 않으셨다.

자신과 누나의 학비, 그리고 몸이 아픈 큰 조카의 병원비를 대느라 허리가 휘어졌기 때문에 어머니에게는 생활비가 남아날 새가 없었다.

최강철은 가게 주인에게 인사하고 돌아서는 어머니를 향해 천천히 다가가 손에 든 봉지를 받아 들었다.

"반찬거리 사셨어요?"

"지금 오는 겨?"

"예. 그런데 뭘 이렇게 많이 사셨어요?"

"우리 아덜, 내일 시험이라고 해서 좀 샀다. 도서관에서 오는 거여?"

"예."

웃는 얼굴로 묻는 어머니에게 또다시 거짓말을 했다.

눈에 넣어도 아프다고 말하시지 않을 어머니는 막내아들이 복싱을 한다는 걸 안다면 기절할지도 모른다.

"내일 시험이니께 오늘은 푹 쉬어. 그동안 너무 열심히 했잖여."

"그럴게요."

최강철이 대답하면서 어머니의 어깨를 남은 팔로 포근하게 감싸 안았다.

좁은 어깨. 한 팔로 감아도 남을 만큼 어머니의 어깨는 왜소했고 말랐다.

그 어깨로 6남매를 키운 어머니의 늙은 얼굴에는 밭고랑 같은 주름들이 새겨져 있었다.

어머니, 걱정하지 마세요.

이번 삶은 과거처럼 살지 않을 겁니다. 어머니를… 누구 못지않게 호강시켜 드릴 테니 조금만 기다려 주세요.

*   *   *

"강철아, 어제도 체육관에 갔냐?"

"응."

"이 자식아, 시험 전날에도 운동한다는 게 말이 돼? 아무래도 난 네놈 속을 모르겠다. 대학 간다는 거 뻥이었지?"

"뻥 아니거든."

"허이구, 말이나 못하면. 그렇게 공부 안 해놓고 퍽이나 대학 가겠다. 나 좀 보고 배워. 그래도 중간은 가야 나중에 대학을 가든 말든 하지!"

이성일이 걱정스러운 눈으로 최강철을 바라보면서 툴툴거

렸다.

놈은 시험 일주일 전부터 체육관을 빼먹고 벼락치기 공부를 했는데 자신과 달리 매일 저녁 늦게까지 운동하는 최강철이 걱정된 모양이었다.

그런 이성일을 향해 최강철이 입을 열어 이상한 웃음을 흘려냈다.

아마 놈은 자신이 체육관에서 돌아와 매일 자정까지 공부했다는 사실을 알면 까무러칠 게 분명했다.

"걱정 마라, 너 모르게 할 만큼 했으니까."

"까불고 있네. 네가 무슨 짓을 하는지 손바닥처럼 들여다보는 사람이 나야. 이 자식아, 네가 언제 공부를 했다고 우겨!"

"나 수업 열심히 듣는 거 못 봤어?"

"얼씨구. 됐다, 됐고. 하기야, 언제 우리가 시험 때문에 스트레스 받은 적이 있었냐. 그냥 되는 대로 살아가는 거지. 그나저나 시험 끝나면 김춘수가 그냥 넘어가지 않을 텐데 걱정이네."

이성일이 슬그머니 밤안개의 짱 김춘수의 이야기를 꺼냈다.

놈은 최강철이 밤안개 패거리를 작살낸 다음부터 보복을 걱정해 왔는데 시험 기간이 끝나면 본격적으로 시작될 거란 예상을 하고 있었다.

"넌 예나 지금이나 매일 걱정으로 사는구나. 언제 그 성격

고칠래?"

"뭔 소리야?"

이성일이 최강철의 말을 듣고 눈을 휘둥그레 떴다.

전혀 이해되지 않은 말이었기 때문이다.

그런 이성일을 향해 최강철이 의미심장한 미소를 지은 채 고개를 돌렸다.

놈은 모를 것이다. 자신의 인생이 언제나 걱정 속에서 살았다는 것을.

교실은 예전과 다르게 쥐 죽은 듯이 조용했는데 친구들은 책을 펴놓고 마지막 열을 올리는 중이었다.

최강철이 입을 닫자 부스럭부스럭 이성일이 책을 꺼내 중얼거리며 시험에 나올 법한 내용들을 외우는 게 보였다.

평소에는 공부와 담을 쌓고 지내던 놈들마저 시험이 코앞으로 다가오자 책을 보니 학생이란 신분은 질긴 올가미인 게 분명했다.

최강철은 교실을 가득 채운 친구들을 바라보며 팔짱을 낀 채 생각에 잠겼다.

과거에는 몰랐지만 막상 다시 인생을 살게 되자 모든 것이 새로웠고 모든 것이 소중했다.

이러한 소중함을 모른 채 인생을 낭비하며 살았던 자신의 삶은 부끄럽고 후회스러운 것들뿐이었다.

잘못된 판단과 우유부단한 성격 때문에 일어났던 수많은 잘못된 일들이 파노라마처럼 펼쳐져 그를 부끄러움 속으로 빠뜨렸다.

얼마의 시간이 지났을까.

전쟁에 나가는 장수의 굳은 얼굴처럼 문을 박차고 들어온 영어 선생이 소리를 질러 학생들의 시선을 집중시켰다.

"모두 책 치우고 가방을 중간에 올려놓도록. 눈알 돌리는 놈은 죽는다. 만약 커닝하다가 걸리는 놈은 죽을 때까지 빠따로 때릴 거니까 알아서 해. 반장, 시험지 돌려!"

시험은 그렇게 시작되었다. 돌아온 인생의 첫 시험지는 그리움과 추억 속에서 현실이 되어 그렇게 최강철의 책상 앞에 놓여졌다.

한동안 움직이지 않고 시험지를 바라보았다.

과거에도 지금처럼 열심히 공부했다면 자신의 인생은 슬프고 비참하지 않았을 것이란 아쉬움과 이제 새롭게 만들어갈 그의 인생을 생각하며 그는 천천히 볼펜을 손에 쥐었다.

제4장
날갯짓 I

시험 치는 기간에도 최강철은 체육관으로 향했다.

이성일은 그에게 미쳤다면서 최소한의 양심을 가져야 한다며 같이 공부하자고 우겼으나 최강철은 그저 미소만 지어줄 뿐이었다.

최강철을 향해 인상을 쓴 건 윤 관장도 마찬가지였다.

시험 기간이라는 걸 뒤늦게 안 그는 최강철을 향해 잔소리를 퍼부었다.

하지만 그의 목소리에는 힘이 담겨 있지 않았다.

"인마, 아무리 공부를 포기했어도 시험 본다면서 체육관에 나오는 놈이 어디 있냐? 너 졸업 안 할 거야?"

"할 겁니다."

"도대체 넌 왜 공부를 안 하는 거냐. 공부가 싫어?"

"관장님, 저 공부합니다. 걱정하지 마세요."

"쯧쯧… 어련하겠냐."

윤 관장이 혀를 차면서 최강철을 향해 글러브를 던졌다.

공부에 대한 잔소리를 했지만 어차피 공부를 포기한 놈이라면 아무리 떠들어도 입만 아플 뿐이다.

그리고 복싱으로 성공하려는 놈에게 공부가 무슨 의미가 있겠는가.

신군부가 쿠테타를 통해 정권을 틀어쥐었어도 먹고살기 빠듯한 전국의 수많은 청춘은 복싱으로 성공하기 위해 지금도 샌드백을 두드리는 중이었다.

그들의 공통된 희망은 어차피 가진 것 없는 육신 하나뿐이었으니 오로지 주먹 하나만으로 성공해서 잘 먹고 잘 살아보겠다는 것뿐이었다.

최강철은 그가 던져준 글러브를 끼지 않고 먼저 근력 강화 운동부터 시작했다.

체육관에 온 이후 지금까지 최강철은 반드시 1시간 반 동안 근력 강화 운동을 했는데 2달이 거의 다 되어가자 상체의 근육이 눈에 띨 정도로 발달되기 시작했다.

그것은 하체도 마찬가지였다.

한 달이 되기까지 5㎞를 뛰었던 최강철은 체력이 어느 정도 받쳐주자 로드워크 거리를 10㎞로 늘렸다.

처음에는 조금 힘들었으나 몇 번 뛰고 나자 거리의 의미가 없어졌다.

현재의 체중은 64.5㎏.

그사이에 체중이 또 1.5㎏이나 늘었다. 물론 윤 관장의 주머니는 그를 먹이느라 물 새듯이 비어갔지만 최강철은 뻔뻔하게 그가 주는 것을 먹어치웠다.

"나중에 갚을게요."

그 말 한마디에 모든 걱정과 시름이 날아갔다.

맞다. 그래서 퍼 먹이는 거다. 최강철이 자신의 꿈을 이뤄준다면 이 정도 투자는 아무것도 아니었다.

윤 관장은 체육관에서 5명의 관원이 씩씩거리며 훈련하고 있었으나 최강철이 들어온 후 그들에게 눈길 한번 주지 않았다.

근력 강화 운동을 하고 있는 최강철은 200개의 윗몸일으키기를 마친 후 팔굽혀펴기와 턱걸이를 각각 100개나 했으며 지금은 줄넘기를 하면서 몸을 풀었다.

2달 전에 봤던 최강철과 비교한다면 눈으로 믿어지지 않을 만큼 몸이 바뀌어 있었다.

앙상하게 보였던 갈빗살은 이제 찾아볼 수 없었고 가냘팠던 다리와 팔에는 근육들이 자리 잡은 상태였다.

그러나 아직도 멀었다.

처음보다 훨씬 피지컬이 좋아졌으나 아직 그의 몸이 완전해지려면 5kg은 더 불려야 한다.

윤 관장은 최강철이 줄넘기를 끝내자 물병을 들어 그에게 주면서 만족스러운 웃음을 지었다.

아무리 생각해도 이놈은 하늘이 자신에게 점지해 준 선물임이 분명했다.

1시간 반 동안 미친놈처럼 근력 강화 운동을 했음에도 놈은 땀으로 범벅이 되었을 뿐 지친 기색을 보이지 않았다.

"잠시 쉬어. 무리하지 말고. 쉬면서 텔레비전이나 봐. 그동안 식사 준비해 놓을 테니까. 오늘은 네가 좋아하는 삼겹살 준비했다."

"관장님, 오늘은 나머지 훈련부터 하고 저녁을 먹어야겠습니다."

"왜?"

"공부하라면서요. 내일이 시험 마지막 날인데 최선을 다해야죠."

"너 인마, 그걸 농담이라고 하는 거냐?"

"하하하… 오늘은 집에 일이 있어서 빨리 가봐야 돼요."

"알았다, 이 자식아. 그래도 꼭 밥은 처먹고 간다는구만. 그럼 훈련하고 있어. 그동안 삼겹살 구워놓을 테니까 먹고 가."

윤 관장이 주먹을 번쩍 들었다가 내리면서 자신의 가슴팍을 두드리고 돌아섰다.

밥순이로 전락한 자신의 처지가 한심하다는 표정을 짓고 있었지만 결코 싫은 기색은 아니었다.

최강철이 링 위로 오르는 것을 힐끔 봐라봤던 윤 관장은 체육관에 딸린 부엌에 들어가 부지런히 음식 준비를 했다.

이미 밥은 준비되어 있었기 때문에 삼겹살을 굽고 상추를 부지런히 씻은 후 계란말이와 두부전을 부쳤다.

철저하게 계산된 식단이었다.

그는 최강철의 몸을 만들기 위해 지금까지 영양 요소를 철저히 체크하며 식단을 마련했다.

상을 전부 차리는 데 걸린 시간은 불과 30분밖에 소요되지 않았다.

이 짓도 계속하다 보니 점점 준비하는 시간이 빨라졌다.

식사 준비가 모두 끝나자 링으로 향하던 윤 관장은 천천히 걸음을 멈추고 최강철의 훈련 모습을 지켜봤다.

잠깐만 지켜보겠다던 처음 생각은 최강철의 움직이는 모습에 매료되어 점점 하늘 저편으로 사라져 갔다.

정말 볼수록 무서울 정도의 재능이다.

매일 보며 지도하고 있었지만 최강철의 움직임은 어제가 다르고 오늘이 달랐다.

쇄액, 쉬익, 쉭, 쉭……

링 한복판에서 최강철이 잽과 스트레이트에 이은 훅과 어퍼컷을 연사시키며 회전하고 있었다.

마치 춤을 추는 것처럼 부드러운 동작.

하지만 그의 몸에서 터져 나오는 펀치 하나하나에는 날카로움과 강력함이 줄기줄기 새어 나와 공간을 가격한 후 회수되었는데 펀치의 속도가 대단했다.

자신이 가르치면서도 어이없다는 생각이 든 게 한두 번이 아니다.

스텝을 가르쳐 준 것은 불과 10일밖에 지나지 않았지만 최강철은 익숙하게 펀치와 스텝을 조화시키며 링을 가로지르고 있었다.

*   *   *

시험은 쉬웠다. 자신이 예상했던 것보다 훨씬 더.

하긴, 악마가 선물한 두뇌를 가지고도 매일같이 2시간씩 공부했으니 정문고 선생들이 낸 문제를 풀지 못한다면 오히려 그것이 이상한 건지도 몰랐다.

시험이 모두 끝나자 같은 반 친구들은 감옥에서 풀려난 것처럼 환호성을 질렀다.

불쌍한 청춘들이다.

시험을 잘 본 놈도, 못 본 놈도 시험이란 굴레에서 벗어나자 너무나 행복한 모양이었다.

이성일이 슬쩍 다가온 것은 시험 보느라 고생했다는 담임 선생님의 종례가 끝난 후였다.

"강철아, 오늘 정태 패거리들하고 한판 붙기로 했다."

"농구?"

"저번에 그 자식들이 이겼다고 얼마나 우쭐대던지, 밸이 꼴려서 견딜 수가 있어야지. 그래서 오늘 붙자고 했어."

"난 훈련하러 가야 하는데 어쩌지?"

"인마, 너 복싱에 미쳤냐? 정말 복싱 선수 하려고 작정했어?"

"그럴 거다."

"지랄한다. 복싱으로 성공하는 게 그리 쉬운 건 줄 알아. 세계 챔피언은 아무나 하는 거냐고. 그러다 골병들어, 새끼야!"

"그건 해봐야 알지."

"이 자식이 언제부터 이렇게 고집이 세졌대. 좋아, 복싱 해라. 나도 너 따라다니며 할 테니까. 하지만 오늘은 농구해. 이미 약속 다해놔서 네가 빠지면 안 돼."

"아이고, 지겨운 놈아."

"할 거지?"

"가자, 친구 놈이 강남 가자는데 안 따라갈 수 있나."

"잘 생각했다, 이 자식아. 시험 끝났는데 우리도 숨은 쉬어
야지. 오늘 신나게 뛰어보자고."

이성일이 펄쩍거리며 좋아하는 모습에 최강철이 환하게 웃
었다.

그래, 이럴 때도 있는 거지.

예전 그의 유일한 즐거움은 이성일과 몰려다니며 농구를
하는 것이었다.

비록 체력이 약해서 줄기차게 뛰어다니지는 못했으나 친구
들보다 키가 컸기 때문에 농구를 할 때는 제법 쓸모가 있었
다.

그러나 단순히 그것 때문만이 아니다.

시험이 끝났으니 어쩌면 오늘 일이 벌어질지도 모른다.

옷을 갈아입을 필요는 없었다. 교복은 모든 생활이 가능한
만능이기 때문이다.

농구장으로 나가자 비슷한 놈들이 러닝만 입은 채 교복 바
지를 둥둥 걷고 슛 연습을 하는 게 보였다.

정겨운 모습들이 예전 감정을 저절로 솟구치게 만들었다.

이정태 패거리는 5반이었는데 3반인 최강철 패거리와 하루를 멀다하고 시합을 하는 사이였다.

굳이 전적을 따진다면 정태 패거리들이 3번에 2번 정도 이길 만큼 전력이 앞섰다.

"떡볶이 내기다, 라면은 추가고."

"두말하면 잔소리지. 무조건 고!"

상대편 주장인 이정태가 소리치자 기가 죽기 싫었던지 이성일이 악을 쓰면서 대답했다.

그러고는 반 친구들을 끌어모은 후 입을 열었다.

"야, 너희 돈들 있지?"

"없는데."

몇 놈이 고개를 가로저었지만 이성일은 표정은 전혀 변하지 않았다.

이 시절 가난한 놈들은 돈이 있어도 일단 없다고 뻗대는 게 일반적인 상식이었기 때문에 시합에서 지면 주머니를 털어 돈이 나온다는 걸 너무나 잘 알고 있었다.

하지만 굳이 지금 돈 있느냐고 물어본 이유는 전의를 북돋아주기 위함이었다.

코 묻은 돈이었으나 그것만으로도 지금의 친구들은 목숨을 걸고 뛰어다닐 것이다.

"우리가 저 새끼들 목구멍에 바친 돈이 지금까지 한 트럭은

될 거다. 그러니까 오늘만큼은 절대 지면 안 돼. 알았어?"

이성일이 떠들자 친구들의 눈빛이 변했다.

먹고살기 어려운 시기. 어렵게 마련해 준 부모님의 용돈을 친구 놈들 아가리에 처넣는다는 건 불효자로 불리기에 충분했다.

"아자, 아자… 화이팅!"

전후반 각각 45분.

축구도 아닌데 무슨 농구 경기를 90분이나 하냐며 의문을 갖겠지만 그때는 그랬다.

마땅히 할 일 없는 고1의 청춘들은 뛰다가 죽을 때까지 시합을 했는데 간혹 동점으로 끝나면 연장전으로 30분을 더 뛰었다.

시합은 팽팽하게 진행되었다.

워낙 동네 농구다 보니 룰도 없고 반칙도 없었기 때문에 붙잡고 늘어지는 게 다반사였다.

최강철은 시합을 하면서 적극적으로 움직이지 않았다.

어차피 이 시합은 이긴다.

정태 패거리가 조금 우위에 있었지만 전력이 확 차이 날 정도는 아니기 때문에 예전과 달리 체력이 극강으로 변해 버린 그가 본격적으로 경기에 가담한다면 게임이 되지 않을 것이다.

천천히 움직이다가 결정적인 기회가 왔을 때만 골을 집어 넣었는데 그렇게 했음에도 전반전이 끝났을 때 10점이나 앞섰다.

놈들이 나타난 것은 전반전이 끝나고 친구들과 함께 물을 마시고 있을 때였다.

피식……

기다리던 놈들이 나타나자 최강철의 얼굴에서 희미한 웃음이 떠올랐다.

10여 명의 패거리들과 함께 등장한 김춘수의 모습을 보자 농구하던 친구 놈들은 뱀 앞에 선 개구리들처럼 몸을 움츠렸다. 이성일은 잠깐 놀랐을 뿐 각오하고 있었다는 듯 어깨를 세우는 것이 보였다.

기다리던 놈들이 나타났으니 농구는 이제 더 이상 할 필요가 없어졌다.

농구장에 들어선 김춘수는 패거리들과 곧장 최강철을 향해 다가왔는데 그 기세에 친구들은 슬금슬금 자리를 피하느라 정신이 없었다.

"네가 최강철이지?"

"맞아."

"맞아? 이 씨발 놈이 하늘 같은 선배한테 반말을 하네. 어디서 눈깔을 치켜뜨고 쳐다봐. 개새끼가, 눈깔을 확 파버릴까

부다."

"선배가 선배다워야지 선배 대접을 하지. 선배가 좆같은데 선배 대접을 하겠어?"

"하아, 이 또라이 새끼. 환장하겠네."

"바쁘니까 쓸데없는 소리하지 말고 본론으로 들어가. 여기 온 게 날 잡으려고 온 거잖아. 복싱 해서 좀 친다며. 어떻게 할래. 혼자 할 거냐, 아니면 뒤쪽에 서 있는 멀대들도 같이할 거냐?"

최강철이 도발적으로 바라보자 김춘수가 눈알에 힘을 줬다.

물론 사전에 충분히 이야기를 들었다.

놈에게 깨진 놈들, 특히 이만석은 그의 앞에 불려와 어떻게 싸운 건지 자세하게 설명했는데 들어보니 보통 놈이 아니었다.

놈은 싸울 준비도 안 된 상태에서 기습을 받았다고 우겼지만 뒤에 서 있던 놈들의 말을 종합해 보자 대충 그림이 그려졌다.

그럼에도 그는 서서히 웃통을 벗고 최강철 앞으로 나섰다.

땅거미는 아직 남아 있었으나 시험이 끝난 교정에는, 특히 운동장 뒤편에 마련된 농구장 주변에는 시합하느라 땀을 흘리던 놈들 말고는 아무도 없었다.

김춘수가 웃통을 벗고 나선다는 건 혼자 붙겠다는 뜻이다.

정문고를 휘어잡았다더니 나름대로 자존심과 깡다구로 똘똘 뭉친 놈인 게 분명했다.

"같이하지그래?"

"이 개새끼야, 내가 호구로 보여!"

"후회할 텐데?"

"씨발 놈, 어디 실력 한번 보자. 애들 얘기 들어보니까 꽤 잘 친다고 하더군. 하지만 나는 좀 다를 거야."

"다르긴, 애들 괴롭히는 걸 낙으로 삼는 놈이 오죽하겠어. 그 나물에 그 밥이겠지."

주먹을 슬쩍 쥐고 나서는 놈을 향해 최강철이 씨익 웃으며 전권으로 들어섰다.

확실히 그가 해치운 이만석 패거리와는 질적으로 차이가 났다.

김춘수는 주먹을 가볍게 쥐고 복싱의 기본자세를 잡았는데 균형이 잘 잡혀 있어 빈틈이 보이지 않았다.

하지만 그건 싸움을 할 줄 모르는 놈들에게나 해당되는 이야기였다.

두 사람이 농구장 한편에 마주 서서 싸울 준비를 마치자 밤안개 패거리와 농구를 하던 친구들이 침을 꼴깍 삼키며 긴장된 눈을 한 채 한편으로 물러섰다.

쉬익!

최강철이 김춘수를 향해 다가가며 빠르게 잽을 넣었다.

복싱 자세를 잡고 다가오던 김춘수가 움찔하며 피하려고
했으나 최강철의 잽은 어느 사이에 그의 가드를 뚫고 안면을
훑었다.

단 한 방에 균형이 무너졌지만 최강철은 거리를 유지한 채
또다시 잽을 날려 김춘수의 안면을 흔들리게 만들었다.

아직 김춘수는 주먹조차 내지 못했다.

그래, 맞다. 내고 싶지 않은 게 아니라 못 냈다는 말이 정확
하다.

연달아 날아드는 잽의 위력은 그냥 잽이 아니라 스트레이트
를 맞는 것처럼 강력해서 골이 다 얼얼할 지경이었기 때문이
다.

최강철은 연속되는 잽으로 김춘수의 균형이 무너지는 것
을 눈으로 확인하다 뒤로 물러나 놈이 재정비하기를 기다렸
다.

그냥 단방에 끝낼 수도 있었지만 그렇게 할 생각은 추호도
없었다.

천천히, 그리고 집요하게 잘근잘근 짓밟아 다시는 기어오르
지 못하게 만들 생각이었다.

김춘수에게 여유를 주자 그동안 당한 것에 대한 분풀이를 하려는 듯 빠르게 전진 스텝을 밟으며 양 훅을 날렸다.

부웅.

바람을 가르며 펀치가 날아왔다. 느리다. 복싱을 배웠다고는 하지만 체계적인 훈련을 받지 않았기 때문인지 스텝도 자연스럽지 못했다.

놈의 펀치가 날아오는 걸 보며 최강철은 백스텝을 밟은 후 또다시 비어 있는 놈의 안면에 잽을 터뜨렸다.

하지만 이번에는 잽에서 그치지 않고 좌우 스트레이트가 번개같이 따라 들어갔다.

마지막 임팩트 순간에 힘을 뺐다.

제대로 맞으면 한 방에 정신을 잃어버린다.

그걸 바라지는 않았다.

놈과 그리고 뒤에 서서 김춘수가 이기기를 바라며 소리를 질러대는 떨거지들에게 확실한 공포를 주기 위해서는 어느 정도 잔인한 장면을 보여줄 필요가 있었다.

최강철이 터뜨린 원투 스트레이트에 얻어맞은 김춘수의 고개가 덜컥 뒤로 밀렸다가 앞으로 돌아온 순간 주르륵 코피가 쏟아지기 시작했다.

애들 싸움이었다면 여기서 끝났겠지만 김춘수는 독기로 똘똘 뭉친 놈이었기에 최강철의 펀치가 그리 세지 않다고 느낀 순간 성난 황소처럼 밀고 들어왔다.

직선 공격은 사이드로 빠지는 상대를 잡지 못한다.

비록 훈련 기간이 그리 오래되지 않았지만 최강철은 그러한 사실을 꽤 많은 스파링을 통해 체득한 지 오래였다.

슬쩍 사이드스텝을 밟은 후 왼쪽 주먹이 반사적으로 놈의 옆구리를 찔렀다.

"허억!"

놈의 입을 통해 풍선에서 바람 빠지는 소리가 새어 나왔다.

이번에는 본능적으로 주먹이 나갔기 때문에 임팩트 순간 힘을 빼지 못했는데, 놈은 옆구리를 얻어맞은 후 비틀거리며 게걸음을 쳤다.

다시 기다렸다.

이렇게 끝낼 수는 없으니 놈이 고통에서 빠져나올 때까지 기다릴 수밖에 없었다.

그러나 최강철은 놈이 허리를 펴는 순간 곧바로 대시하며 왼손 잽을 날려 김춘수의 균형을 무너뜨린 후 장난하듯 좌우 스트레이트와 양 훅을 번갈아 툭툭 날렸다.

때리는 대로 맞는다.

가볍게 던지는 스트레이트와 양 훅이 안면과 양 복부에 터질 때마다 김춘수의 얼굴에서는 피가 튀었고 허리는 자연스럽게 굽어졌다.

최강철의 몸이 빨라지기 시작한 것은 김춘수가 더 이상 견디기 어렵다는 것을 직감한 패거리들의 움직임이 느껴졌을 때였다.

앞으로 전진한 최강철이 허리가 숙여질 대로 숙여진 김춘수의 안면을 향해 통렬한 어퍼컷을 날렸다.

이번 주먹은 힘을 빼지 않은 상태에서 제대로 턱을 가격했기 때문에 마치 도끼에 고목나무가 쓰러지듯 김춘수의 몸이 앞으로 고꾸라졌다.

최강철은 놈이 쓰러지는 것을 확인하지 않고 곧장 몸을 돌려 덤벼오는 놈들의 공격을 사이드스텝으로 피했다.

"저 개새끼 죽여!"

"곤죽을 만들어 버려야 돼. 씨발 놈, 선배한테 대드는 새끼는 죽여 버려!"

"와아… 와아……."

김춘수가 데려온 3학년 패거리가 한꺼번에 최강철을 향해 뛰어들었다.

하지만 최강철은 사이드스텝으로 맨 앞에 다가온 놈의 주먹을 피한 후 차갑게 가라앉은 시선으로 놈들의 움직임을 주시하다가 불쑥 앞으로 전진했다.

쐐액… 쉬익!

김춘수를 장난스럽게 때리던 주먹이 아니었다.

맨 앞에 뛰어들었던 놈들부터 최강철은 강력한 주먹으로 하나씩 격파해 나가기 시작했다.

눈부신 속도. 놈들의 주먹은 최강철의 상대가 아니었다.

순식간에 터지는 연타. 위빙과 더킹, 그리고 스텝으로 상대의 공격을 피하면서 최강철은 한 번에 3, 4차례의 펀치로 한 놈씩 차례차례 골로 보냈다.

끝없이 덤벼들어 피투성이로 변한 김춘수와 다르게 놈들은 최강철의 강력한 공격에 비틀거리며 나가떨어졌는데 얼마나 펀치력이 강했는지 한 번 쓰러지면 제대로 일어서는 놈이 없었다.

싸움을 해본 사람들은 알겠지만 이런 싸움은 오래 걸리지 않는다.

학살.

힘의 균형이 맞춰진 싸움이 아니라 일방적인 학살은 숫자와 상관없이 금방 끝날 수밖에 없다.

처음 이만석 패거리와 벌였던 싸움과는 차원이 달랐다.

복싱의 기술들을 본격적으로 훈련한 후 그의 피지컬은 더욱 강해졌고 펀치력과 스피드가 진화했기 때문에 놈들은 그의 상대가 되지 못했다.

놈들이 모두 쓰러지자 최강철이 전권에서 물러나며 시선을 반대쪽으로 돌렸다.

농구를 하던 친구들은 온몸을 경직시킨 채 제대로 움직이지 못하고 있었는데 믿을 수 없는 상황이 눈앞에 펼쳐지자 몸을 벌벌 떨어대고 있었다.

하지만 최강철의 시선이 머문 것은 친구들 쪽이 아니라 그 너머에 있던 놈들을 향해서였다.

"어이, 구경 다 했으면 이쪽으로 와. 너한테도 내가 할 말이 있다."

타이거의 짱인 불곰 정용택은 라이벌인 밤안개의 1학년 멤버들이 한 놈에게 깨졌다는 소식을 듣고 한참을 웃었다.

얼마나 병신 같은 놈들만 모아놨길래 12명이나 되는 놈들이 한 명한테 얻어터진단 말인가.

정용택은 밤안개가 타이거와 라이벌이라고 생각한 적이 한 번도 없었다.

정문고 역사상 언제나 타이거가 탑이었고 지금도 마찬가지라는 자부심을 가지고 있어 밤안개 정도는 언제든지 누를 수 있다는 게 그의 생각이었다.

그럼에도 김춘수는 인정했다.

6개월 전 김춘수가 밤안개의 짱으로 등극하면서 도전을 해왔을 때 둘은 거의 한 시간 가까이 싸움을 벌인 적이 있었다.

체구가 자신보다 작았고 키도 한 뼘이나 작았지만 놈은 정말 독기로 똘똘 뭉쳐 있는 놈이었다.

더군다나 복싱으로 다져진 싸움 실력도 대단했고 몸도 빨라서 싸우는 동안 평생 맞은 것만큼 얻어맞았다.

물론 혼자 일방적으로 맞은 게 아니다.

김춘수도 그의 체구에 밀려 수없이 맞았는데 놈은 끝까지 버텼기 때문에 결국 체력이 모두 고갈되어 무승부로 싸움을 끝낼 수밖에 없었다.

체구가 커서 불곰이라 불렸지만 나름대로 영리한 머리를 가지고 있었기에 김춘수가 곧바로 보복을 하지 않을 거란 예상을 했다.

그리고 그의 예상대로 놈은 시험이 끝나자 응징을 하기 위해 패거리들을 이끌고 저 죽을지 모른 채 농구를 하고 있는 최강철에게 다가갔다.

3학년 중에 친다는 놈들을 전부 데리고 가는 놈의 행동이 비겁해 보였으나 어떤 일을 벌일지 궁금해서 몇 놈과 함께 재미 삼아 따라온 길이었다.

1학년 12명을 단박에 작살냈다는 놈의 실력이 궁금하기도 했거니와 자신과 무승부를 기록할 정도로 뛰어난 주먹을 지닌 김춘수의 싸움을 보고 싶었다.

그의 예상은 김춘수의 손을 들어주고 있었다.

아무리 싸움을 잘한다 해도 1학년에 불과한 놈이 김춘수 일당을 제압할 것이라고도 꿈에도 생각하지 않았다.

하지만 막상 싸움이 벌어지자 정용택은 입을 떠억 벌린 채 다물지 못했다.

이건 싸움이 아니었다.

그렇게 잘 치던 김춘수는 놈의 주먹에 박살이 났는데 제대로 공격 한번 해보지 못하고 피투성이로 변하고 말았다.

더 충격적인 장면은 그다음부터였다.

멀리서 봤기 때문에 김춘수가 끈질기게 버티는 걸 보면서 최강철의 펀치력이 약한 게 아니냐는 판단은 집단으로 덤벼든 밤안개 패거리들이 차례차례 고꾸라지는 장면을 보는 순간 허공으로 붕 날아가 버렸다.

펀치가 보이지도 않았다.

한 방이 아니라 그 짧은 순간 연사시킨 주먹이 서너 차례 들어갔는데 밤안개 패거리들은 최강철의 주먹을 하나도 피하지 못했다.

마치 때리라고 얼굴을 가져다 대는 것처럼 보일 정도였다.

순식간에 싸움이 끝나는 걸 보면서 자신도 모르게 온몸에 오한이 돋는 것을 느꼈다.

저놈은 진짜다.

두려웠다. 두려움에 눈을 돌리자 옆에서 같이 구경하던 놈들이 제대로 말도 못 한 채 버벅거리고 있는 것이 보였다.

극으로 치닫는 두려움과 경계심, 그리고 본능적인 감각이 빨리 이곳을 뜨라는 신호를 보내왔기에 정용택은 급히 자리에서 일어났다.

하지만 이미 최강철은 자신을 바라보고 있었다.

"네가 불곰 정용택이냐?"

"으……."

"내가 이놈들과 싸우는 거 봤지?"

"…봤다."

"덤빌 테냐, 아니면 그냥 얻어터질 테냐. 미리 말하는데 생각 잘하고 대답해. 내가 약속하지. 싸우겠다는 대답이 돌아오는 순간 너는 여기 쓰러진 김춘수 이상으로 박살이 난다."

김춘수와의 싸움이 시작될 때는 없었던 학생들이 어느새 꽤나 몰려왔다.

방과 후에도 학교에 남아 있던 놈들이 싸움이 벌어진 걸 알고 몰려들었기 때문이다.

그 숫자가 벌써 30명이 넘었다.

정용택의 시선이 흔들렸다.

오연한 시선으로 팔짱을 낀 채 자신을 바라보는 최강철의 말이 마치 심장을 비수로 찌르는 것처럼 다가왔다.

그럼에도 주변에 학생들이 몰려들자 자신의 가슴속에 가득 들어차 있던 두려움 대신 지금까지 정문고를 장악하며 짱으로 군림했다는 자존심이 머리를 쳐들었다.

"씨발, 한번 붙어보자!"

제5장
날갯짓Ⅱ

시험이 끝난 다음부터 휴일과 일요일, 개교기념일이 겹쳐지면서 삼 일 동안 학교가 쉬었지만 정문고 학생들 사이에서는 최강철이 벌여놓은 일이 빠르게 퍼져 나갔다.

정문고가 발칵 뒤집힌 것은 화요일이 되어 학생들이 등교한 후였다.

연휴 동안 소문을 들었으나 믿지 못했던 놈들과 뒤늦게 소식을 들은 놈들은 학교에서 김춘수 패거리와 정용택 패거리의 모습이 보이지 않으면서 소문이 사실로 증명되자 경악을 금치 못했다.

소문의 내용은 간단한 것이었지만 너무나 충격적이었다.

정문고를 휘어잡고 있던 김춘수와 정용택이 피떡이 되어 실려 갔다는 것이었다.

그것도 단 한 명, 최강철에 의해서 말이다.

삼삼오오 둘러앉은 학생들은 그 이야기를 하느라 정신이 팔려 있었는데, 인기를 한 몸에 받은 건 직접 싸움을 눈으로 확인한 놈들이었다.

소문으로 들은 것과 직접 본 것은 현실성 면에서 하늘과 땅만큼 차이가 나기 때문이다.

놈들 주변에는 이야기를 듣기 위해 몰려든 놈들로 문전성시를 이루고 있었다.

특히 같이 농구했던 5반의 이정태는 인기 절정을 누렸다.

"들어는 봤냐. 절정고수가 새카만 하수들을 단칼에 몰살시키는 거. 최강철이 그랬다고. 김춘수는 한 대도 못 때리고 줄곧 얻어터지다가 피떡이 됐는데, 그 뒤에서 깝치던 패거리 놈들은 그야말로 작살이 났어. 난 최강철이 놈들을 패는데 막 소름이 돋아서 오줌이 마렵더라. 정용택은 더 맞았어. 최강철이 그냥 맞으라고 하니까 쪽팔려서 그랬는지 덤볐는데 얼마나 터졌는지 얼굴이 알아볼 수 없을 정도로 개판이 되었어."

"우와, 최강철 정말 대단하네. 어떻게 그럴 수가 있지?"

"내가 성일이한테 들은 바로는 강철이가 복싱을 한대. 곧 시합에 출전한다나 봐. 지금까지 실력을 숨기고 있었던 거지."

"복싱을 얼마나 배우면 그렇게 될 수 있을까. 나도 복싱 좀 배워야겠다."

"인마, 그게 배운다고 강철이처럼 되는 거냐? 성일이가 그러는데 강철이는 지금 시합에 나가도 우승할 수 있는 실력이래."

"아이고, 그런 애한테 덤볐으니 그 자식들 죽어도 싸구만."

"가장 중요한 건 최강철이 놈들한테 경고를 했다는 거야. 다시 한번 학생들을 괴롭히거나 폭력을 휘두르면 그땐 완전히 죽여 버리겠다고 했어. 완전히 좆된 거지."

"그 자식들이 말을 들을까?"

"안 들으면. 그렇게 두들겨 맞았는데 덤벼들 생각이 들겠어? 강철이 완전 독종이야. 정신을 잃은 김춘수만 내버려 두고 나머지 놈들은 얼마나 팼는지 곡소리가 농구장 주변을 쩌렁쩌렁 울릴 정도였다고. 그 새끼들 잘못했다고 비는 걸 보니까 내가 그런 놈들한테 기죽어서 꼬랑지를 말았던 게 쪽팔려 죽겠더라."

"그럼 강철이가 우리 학교 짱이 된 거야?"

"인마, 그건 당연하지. 양쪽 짱을 다 때려잡았는데 누가 강철이한테 덤비겠냐. 강철이가 짱이 됐으니까 우린 불행 끝 행복 시작이야."

"다행이네. 그동안 그 새끼들 등쌀에 학교 오기가 싫었는데 우리도 이제 천국에서 살 수 있겠다. 그런데 선생님들이 가만 있을까? 그렇게 팼으면 여러 놈이 병원에 실려 갔을 텐데?"

"나도 그게 걱정이다. 꼰대들이 이 사실을 알면 가만있지 않을 텐데……."

"무슨 일이 있겠어. 강철이가 나쁜 짓을 한 것도 아니고 학생들 괴롭히던 놈들을 혼내준 거잖아. 그러니까 오히려 상을 줘야 해."

"꼰대들 생각이 워낙 고리타분해서 어떻게 나올지 몰라. 하여간 잘 해결되어야 할 텐데 걱정이다."

*   *   *

최강철이 공부하고 있는 3반의 담임선생 임진영은 수업에 들어가기 전 학생들이 떠드는 걸 보면서 그런가 보다 했다.

시험이 끝났고 한창 말이 많은 나이였기에 언제나 이놈들은 친구들과 장난치느라 정신이 없다.

자신도 그랬다.

꿈 많던 시절, 그저 친구들과 같이 있는 것만으로 행복하고 좋았으니 놈들의 마음을 충분히 이해할 수 있었다.

그럼에도 오늘은 조금 짜증이 몰려왔다.

삼 일 연휴 동안 첫날 빼고 나머지 이틀 동안 시험지를 채

점하느라 학교에 나오는 바람에 마누라에게 잔소리를 들었고 아이들의 투정을 받아야 했다.

더군다나 연휴가 끝나고도 이틀 동안 야근하면서 답안지 채점을 마쳤기 때문에 몸이 천근처럼 무거웠다.

참 먹고살기 힘들다. 누군가는 선생이 최고로 편한 직업이라고 하지만 이럴 때면 그냥 보통의 샐러리맨이 되고 싶다는 생각이 들었다.

답안지를 채점하면서 가장 눈에 띈 것은 최강철이었다.

그가 맡고 있는 과목은 역사였는데, 이번 시험은 조금 어렵게 출제해서 학생들 평균이 중간고사보다 5점이나 내려갔으나 전체 학생 중 유일하게 최강철은 하나도 틀리지 않고 100점을 받았던 것이다.

최강철.

전혀 눈에 띄지 않던 놈이었다.

공부는 중간 정도였고 운동 실력은 젬병이었다. 더군다나 성격도 소심해서 한 달 전까지만 해도 있는 듯 마는 듯하던 놈이었다.

최강철이 1학년 밤안개 패거리들을 박살 냈다는 걸 나중에 듣고도 믿지 못했다. 직접 불러 사실이라는 게 밝혀질 때까지.

그때의 놀라움이란.

다행스럽게 학생주임이 나서서 적극 변호했기에 정학 처분
은 면했지만 그토록 조용했던 최강철이 사고를 쳤다는 게 꿈
만 같았다.

그때부터 최강철을 유심히 지켜봤다.

분명한 것은 놈의 수업 태도가 몰라보게 달라졌다는 것이
었다.

다른 선생들에게 들은 것도 똑같았다.

모든 선생은 그의 수업 태도를 보면서 특이하다고 말했다.
어떤 질문을 해도 척척 대답한다는 것이었다.

특히 수학 선생의 칭찬이 컸다.

수학 선생은 칠판에 어려운 문제를 써놓고 종종 학생들에
게 풀어보라는 짓을 많이 했는데 최강철이 모두 풀어냈다며
입에 거품을 물었다.

이해가 되지 않았다.

사람은 한순간에 변할 수도 있다지만 최강철의 변화는 믿
어지지 않았다.

수업에 들어가 지루한 내용들을 한 시간 동안 말하자 진이
다 빠졌다.

연휴 동안 하루도 쉬지 못했기 때문인지 몸이 제대로 말을
듣지 않고 있었다.

겨우겨우 교무실로 들어와 자리에 앉자 학생주임이 굳은 얼

굴로 다가오는 게 보였다.

"임 선생, 잠깐 이야기 좀 합시다."

"무슨 일이시죠?"

"최강철이 또 사고를 쳤어요."

"사고라뇨, 걔가 무슨 사고를 쳤단 말입니까?"

"김춘수와 정용택이 그놈한테 얻어맞아서 지금 병원에 있어요. 놈들 부모들이 지금 난리가 아니라서……."

학생주임의 설명을 들은 임진영이 입을 떡 벌린 채 아무런 말도 하지 못했다.

1학년 밤안개 패거리를 작살냈다는 말을 들었을 때도 놀랐지만 지금의 놀람과 비교한다면 새 발의 피였다.

김춘수와 정용택이 어떤 놈들이란 말인가.

그놈들은 선생들의 통제에서 벗어날 만큼 인생 막장을 살아가는 놈들이었는데, 수시로 대들어서 곤욕을 치른 선생들이 한두 명이 아니었다.

이걸 과연 믿어야 할까.

한 놈이 16명을 상대해서 이겼고, 그중 두 놈을 병원에 입원시켰다는 사실을 듣게 되자 마치 영화의 한 장면을 들은 것 같은 착각이 들었다.

임진영이 충격으로 아무런 말을 하지 못할 때, 4반의 담임선생이 슬쩍 끼어들었다.

그가 바로 최강철을 입에 침이 마르게 칭찬했던 수학 선생이었다.

주변에 있던 1학년 담임선생들은 학생주임이 다가오자 귀를 쫑긋 세운 채 두 사람의 대화를 듣고 있었다.

"허어, 걔가 그렇게 싸움을 잘한단 말입니까. 정말 기가 막힌 일이네요."

"그러게 말입니다."

"그놈 약골로 봤는데 전혀 아닌 모양이군요. 그 자식 이번 수학에서 100점을 받았어요. 공부 열심히 하는 놈인데 맞은 놈들이 병원에 입원했다면 큰일 났네."

"그놈이 수학에서 100점 맞았어요? 제가 맡고 있는 영어도 100점 맞았거든요."

"정말입니까!"

잠시 동안 말을 잊고 있던 임진영이 옆에서 영어 선생까지 끼어들어 말을 하자 기어코 소리를 지르고 말았다.

이 자식, 이거 괴물이야, 뭐야.

어머니가 학교로 불려 와 김춘수와 정용택의 부모에게 미안하다며 고개를 조아리는 장면을 보는 순간 최강철의 눈에서 자신도 모르게 눈물이 주르륵 흘러나왔다.

이런 장면을 보게 될지도 모른다는 생각을 했지만 막상 어

머니가 다른 사람에게 고개를 조아리자 가슴이 터질 것처럼
아파 왔다.

예전의 그는 소심하고 못났으나 어머니가 다른 사람에게
고개를 숙이는 모습은 만들지 않았다.

'죄송합니다, 어머니.'

연신 허리를 숙여 용서를 부탁하는 어머니를 보면서 결국
고개를 돌렸다.

"당신 아들 깡패야? 하라는 공부는 안 하고 싸움을 해서 애
들을 병신으로 만들어? 어쩔 거야. 어쩔 거냐고!"

"죄송합니다. 죄송합니다. 원래 그런 아이가 아닌데……."

"아닌 새끼가 주먹을 휘둘러서 사람을 다치게 만들었단 말
이야. 거 말도 안 되는 소리 작작해. 그런 새끼는 콩밥을 먹어
야 정신을 차려!"

김춘수와 정용택의 부모들은 학교에서 깡패를 키운다며 당
장 잘라 버리라고 악을 고래고래 썼다.

최강철은 그런 사람들을 보면서 속이 부글부글 끓었으나
지금은 참을 때였다.

대신 담임선생이 나섰다.

임진영 역시 피해 부모들의 짓거리를 지켜보다가 더 이상
참기 어려웠던지 기어코 목소리를 키우기 시작했다.

"이것 보세요. 정말 너무하신 거 아닙니까? 이게 지금 싸운

거처럼 보이세요? 걔들이 먼저 시비를 걸었어요. 더군다나 16명이 한 명한테 말입니다. 집단 폭행을 하려고 했단 말입니다. 그걸 지금 알고나 하는 말씀이세요?"

"우리 아들이 병원에 입원했다고. 당신 지금 쟤 편드는 거야, 뭐야!"

"그럼 고소하세요. 어떤 결과가 나오는지 봅시다. 집단으로 한 명을 죽이려고 덤벼들었다가 오히려 병원에 간 놈들이 제정신이란 말입니까? 부모님들은 걔들이 학교생활을 어떻게 했는지 알고나 계신가요. 갖은 못된 짓을 하고 행패를 부린 놈들이 바로 걔들이에요. 그놈들한테 맞아서 병원에 갔던 애들이 얼마나 많은지 모르시죠? 좋습니다. 제가 아는 것만 해도 병원에서 치료하고 나온 애들이 10명도 넘으니까 같이 고소해 봐요."

"당신 미쳤어!"

"얼마나 답답하면 이런 소리를 하겠어요. 부모님들이 이러시니까 걔들이 그렇게 된 거 아닙니까. 돈 때문에 그러세요? 돈 때문이라면 시비 걸지 마세요. 당신 아들들한테 맞아서 병원 갔던 애들한테 물어줄 돈이 훨씬 더 클 테니까요. 그리고 쟤는 깡패가 아닙니다. 모범생이라고요. 이번 중간고사에서 전 과목 100점을 맞은 학생이라고요."

"선생이란 작자가 학생 차별하네, 이거 미친 거 아냐? 뭐 이런 놈이 다 있어."

김춘수의 아버지가 임진영의 멱살을 잡고 늘어졌다.

그는 허름한 잠바를 입고 있었는데 아들이 입원해 있다는 걱정보다 처음부터 합의금을 받아내고 싶었던지 병원비 이야기를 계속했던 사람이었다.

그때 학생주임이 나서며 그를 뜯어말렸다.

"임 선생 말은 사실입니다. 당신 아들로 인해서 학교가 지금까지 엉망이 되었어요. 그렇게 와달라고 부탁할 때는 코빼기도 보이지 않더니 지금 이게 무슨 짓입니까? 그만하고 돌아가세요. 그렇지 않으면 사건이 커질 겁니다. 김춘수와 정용택이 그동안 벌인 짓을 전부 경찰에 고발하겠단 말입니다!"

어머니와 함께 돌아오는 길은 멀었다.

매일처럼 다니는 길이었으나 어머니의 침묵은 그 길을 너무나 멀게 느끼도록 만들었다.

어머니는 집으로 돌아온 후에도 아무런 말씀이 없으셨다.

그저 평소처럼 가족들을 위해 저녁을 준비하실 뿐이었다.

도망쳤다.

어머니의 침묵은 몽둥이를 든 것보다 훨씬 아팠고 견디기 힘들 정도의 고통을 주고 있었다.

체육관으로 가서 미친 듯이 몸을 혹사시켰다.

가슴속에 들어 있는 것은 결코 후회가 아니었다. 놈들을 부순 것은 자신의 인생을 멋지게 다시 시작하려는 의지의 반영이었고 결심이었으니 절대 후회할 일이 아니었다.

그가 괴로운 것은 자신의 등 뒤에서 아들에게 제발 버리지 말아달라고 부탁했던 어머니의 가여운 모습과 현재의 침묵이 겹쳐졌기 때문이다.

다시는 어머니를 아프게 만들지 않으려 했으나 또다시 그는 어머니의 가슴속에 상처를 만들어 드렸으니 자신은 여전히 불효자에 불과했다.

류순덕은 집으로 돌아와 저녁을 준비하면서 마음이 편치 않았다.

믿어지지도, 이해할 수도 없는 일을 마주치자 당황스러움에 하루 종일 정신이 멍해졌다.

배움이 없어 합리적으로 생각하고 판단하는 능력이 부족했기에 갑자기 일이 생기자 어쩔 줄을 몰랐다.

나이 18살에 시집와 6남매를 낳고 기르면서 수많은 일을 당했다. 그래도 남편을 하늘같이 섬기며 하루하루를 열심히 살아가면 언젠가 행복해질 거라 믿었다.

막내아들을 나이 마흔에 낳았다.

워낙 많은 나이에 아이를 가졌기 때문에 의사는 자칫 위험할 수 있다는 말을 했고 가난한 형편에 입을 늘리는 게 싫어서 낙태를 결심했다.

하지만 남편인 최우용은 아이의 낙태를 한사코 반대했다.

남편은 강철의 바로 위 형이 5살 때 장티푸스에 걸려 갑자기 죽는 바람에 한동안 힘든 시기를 보내야 했는데 그때의 기억이 떠올랐는지 절대 아이를 지우지 못하게 만들었다.

막내아들은 태어나면서부터 건강 상태가 좋지 않더니 크면서도 언제나 비실거렸다.

체력도 좋지 않았고 머리도 좋지 않았지만 남편인 최우용은 최강철을 끔찍하게 사랑해서 어렸을 때는 언제나 옆에 끼고 살았다.

공부를 잘하지 못했지만 그러려니 했다.

부모가 배운 게 없었고 살림마저 넉넉하지 못해 다른 아이들처럼 과외를 시키거나 학원에 보낼 형편도 되지 못했다.

더군다나 이 형편으로는 대학을 보낼 능력도 되지 않았다.

위로 다섯의 자식들이 전부 대학 진학을 포기한 것은 그런 이유였고 최강철도 그런 범주를 벗어날 수 없었다.

그녀의 꿈은 오로지 하나.

사람은 평생 먹고살 입을 가진 채 태어난다고 했으니 자식들이 무사히 장성해서 가정을 꾸려 행복하게 살아가기를 기도할 뿐이었다.

막내아들은 특별하게 잘하는 건 없었지만 너무나 착해서

지금까지 속을 썩여본 적이 없었기에 오늘 벌어진 충격은 훨씬 더 컸다.

도대체 왜 그랬을까.

상대방 부모들을 향해 고개를 조아리면서도 끝없이 그녀를 괴롭힌 것은 아들의 행동에 대한 원인이었다.

학교에서도, 집에 돌아왔을 때도 쉽게 최강철을 향해 화를 내지 못했다.

그토록 열심히 공부를 하더니 전 과목 100점을 맞았다는 선생님의 말씀을 듣고 나자 정신이 아득해졌다.

혹시 최강철의 싸움은 못난 부모 때문에 벌어진 일일 수도 있다는 생각이 들었다.

자신의 꿈을 펼치기에 너무 작은 둥지.

그 둥지가 아들을 방황하게 만든 거라면 과연 그녀는 무슨 말을 할 수 있을까⋯⋯.

*   *   *

"친구를 패서 5명이나 병원에 입원했어요. 이런 놈을 그냥 둘 수는 없어."

학생주임이 사건 개요를 설명하자 교장 선생이 불같이 화를 냈다.

최강철의 담임선생 임진영은 그의 앞에서 죄인처럼 고개를 푹 수그리고 있었는데 아직 나설 타이밍을 잡고 있지 못했기 때문이다.

교장 선생은 학교에서 일이 벌어지는 것을 극도로 싫어했기 때문에 학생주임은 웬만한 학생들 간의 싸움은 보고조차 하지 않았다.

하지만 이번 일은 다르다.

몇 놈이 병원에 입원했고 부모들까지 학교로 찾아와 난리를 피웠기 때문에 보고하지 않을 방법이 없었다.

"교장 선생님, 싸움이 벌어진 원인은 골칫덩어리인 블랙 서클에 가담한 놈들 때문입니다. 걔들은 수시로 학생들을 때리고 돈을 뺏어왔는데 학교 분위기가 엉망으로 변한 것도 걔들로 인해서였습니다. 이번 일도 그놈들이 집단으로 최강철을 때리기 위해 갔다가 벌어진 일입니다. 최강철은 농구하다가 걔들이 싸움을 걸어와서 어쩔 수 없이 싸웠다고 하더군요."

"원인이 문제가 아니에요. 사고가 터진 게 문제지. 그렇게 주먹질을 하는 놈이 학교생활은 오죽하겠냔 말입니다. 무조건 퇴학시키세요."

"교장 선생님……."

이야기를 듣던 교장 선생이 노발대발하자 학생주임이 다시 입을 열었다.

그는 최강철이 블랙 서클을 정리하겠다는 말을 했을 때 도와주겠다는 약속을 했기 때문에 어떡하든 변명을 다시 하려고 했다.

그러나 교장 선생의 싸늘한 눈빛에 열렸던 입이 다시 다물어졌다.

교장 선생은 학교에서 제왕이었고 그가 교감으로 승진하는 데 결정적인 역할을 하는 사람이었기 때문에 반항은 꿈도 꾸지 못할 형편이었다.

그때, 고개를 숙인 채 입을 굳게 다물고 있던 임진영이 슬그머니 입을 열었다.

"교장 선생님, 외람된 말씀입니다만 최강철을 퇴학시켜서는 안 됩니다."

"무슨 소리야!"

"이번 시험에서 강철이는 전 과목 100점을 받았습니다. 기말고사만 가지고 따지면 전교 1등이에요. 제가 봤을 때 강철이는 이대로 계속 열심히 공부한다면 일류 대학에 진학할 수 있습니다. 정문고의 명예를 빛낼 학생이죠. 그런 우수한 학생을 나쁜 놈들 때문에 퇴학시킨다는 건 학교 차원에서 커다란 손실입니다."

"전 과목 100점이라고?"

"예, 그렇습니다."

"무슨 말도 안 되는 소리를… 내가 알기로 학년 수석은 김민호인 걸로 알고 있는데?"

"지금까지는 김민호였습니다. 하지만 이번 기말고사 수석은 최강철이 맞습니다."

"걔가 원래 그렇게 공부를 잘했나?"

"중간 정도였습니다. 하지만 이번 시험을 대비해서 엄청 열심히 했다고 하더니 결과가 좋게 나왔습니다."

"중간 하던 놈이 어떻게 전 과목 100점을 맞습니까. 혹시 시험지가 유출된 거 아냐?"

"그렇지 않습니다. 과목 시험지는 선생님들이 개별 보관 하고 있잖습니까. 더군다나 모든 선생님이 강철이의 평소 수업 태도를 높이 평가하고 있었습니다. 강철이는 순수한 자기 실력으로 이번 시험을 본 게 분명합니다."

"허어… 그것참……."

"교장 선생님, 최대한 선처를 부탁드립니다. 이 일을 계기로 다시는 사고치지 않도록 제가 잘 관리하겠습니다. 그러니 퇴학만은 면하게 해주십시오."

임진영이 고개를 수그리자 옆에 서 있던 학생주임이 같이 고개를 수그렸다.

두 사람은 동시에 교장 선생의 처분을 기다리고 있었는데 어떡하든 최강철이 퇴학당하는 것만은 막고 싶어 하는 것 같았다.

최강철의 학기말 성적은 반에서 9등, 전교에서 101등이었다.

중간고사의 성적이 평균 78점이었기 때문에 기말고사에서 모든 과목을 100점 맞았어도 최상위를 기록하지 못했다.

하지만 그것만으로도 학생들에게는 충격이었다.

정문고를 양분하고 있던 블랙 서클, 밤안개와 타이거를 순식간에 무너뜨린 최강철의 존재는 전설과 같이 통했는데 기말고사 성적마저 전 과목 100점이 나오자 전교가 한동안 그에 대한 이야기로 떠들썩했다.

최강철에 대한 화제는 그것으로 멈추지 않았다.

싸움의 파장이 커져 퇴학 처분을 내릴지 모른다는 소문이 돌았으나 다행스럽게 정학 한 달이 떨어졌는데, 교장 선생님이 최강철의 기말고사 성적을 확인하고 선처를 해줬다는 말들이 여기저기 떠돌아다녔다.

정학을 한 달이나 맞았으나 사실 의미 없는 정학이었다.

기말고사가 끝나고 성적이 나오면서 정문고가 곧바로 여름방학에 들어갔기 때문이다.

담임선생인 임진영이 성적표를 나눠 주면서 최강철이 전 과목 100점을 맞았다는 소식을 전하자 반 전체가 충격으로 말을 잃었다.

다른 사람도 아닌 최강철이었다.

반 친구들은 이제 최강철이 오랫동안 복싱을 훈련받아 왔다는 사실을 이성일을 통해 알고 있었기 때문에 그가 이런 성적을 거뒀다는 사실이 믿겨지지 않았다.

지독하게 훈련을 했다면서 언제 공부를 그렇게 했단 말인가.

머릿속에 떠오른 것은 시험 문제 답안지가 미리 유출되었을지 모른다는 의심이었으나 임진영은 단호하게 학생들의 그런 의심을 지워 버렸다.

그 역시 그런 의심을 가져봤기 때문에 미리 철저하게 조사했는데 전 과목 답안지 유출이 생긴다는 것은 불가능한 일이었다.

각 과목의 출제는 담당 선생이 하는 일이었고 모든 선생은 시험이 모두 끝난 후 답안지를 작성하기 때문에 한꺼번에 답안지가 유출될 리가 없었다.

임진영의 결론은 최강철이 누구보다 열심히 공부해서 이런 결과를 만들어냈다는 것이었다.

"으… 미친놈."

다른 친구들도 충격을 받았으나 이성일이 받은 충격은 어마어마했다.

언제나 그는 최강철을 지켜봤기 때문에 얼마나 열심히 훈련했는지 똑똑히 두 눈으로 지켜봤다.

최강철은 공휴일을 포함해서 매일 저녁 9시까지 훈련한 후 집에 돌아갔기 때문에 그의 기준으로 봤을 때 공부할 새가 없었다.

그 역시 체육관에서 놈과 함께 연습을 했지만 최강철의 훈련량에 비한다면 새 발의 피에 불과했다.

그럼에도 집에 돌아가면 녹초가 되어 씻자마자 꿈속을 헤맸으니 최강철이 그 시간에 돌아가 공부했다는 건 말도 안 되는 일이다.

"너 정말 훈련 끝나고 집에 가서 공부했던 거야?"

"그랬다고 했잖아."

"아이고, 미치겠네. 너 때문에 내가 요즘 정신이 이상해졌어. 너 진짜 최강철이 맞아?"

이성일이 두 눈을 부라리자 최강철이 씨익 웃었다.

당연한 일이다. 불과 몇 달 만에 전혀 믿지 못할 일들을 연달아 만들어냈으니 누구보다 자신을 잘 아는 이성일에게는 충격적인 일이었을 것이다.

하지만 그는 태연한 목소리로 이성일을 향해 입을 열었다.

"나 머리 좋아. 지금까지 공부를 안 해서 성적이 안 나왔을 뿐이었어. 그러니까 너무 놀라지 마라."

"지랄한다."

"앞으로는 계속 그럴 거야. 그리고 말했듯이 나는 대학에 간다. 그것도 최고의 대학에. 나는 한 번 한 약속은 꼭 지키는 편이거든. 자, 그럼 학교 끝났으니까 우리 체육관에나 가볼까?"

"오늘 방학했는데 체육관에 가자고?"

"성일아, 내가 시간이 없다. 할 일이 많아서 너무 바빠."

"당최 무슨 소릴 하고 있는 건지 모르겠네."

"그런 게 있어. 갈 거야, 말 거야?"

"간다, 가면 될 거 아냐."

가방을 둘러메고 교실을 나서는 최강철에게 따라붙으며 이성일이 고개를 마구 흔들어댔다.

요즘 들어 벌어지는 일들이 모두 꿈만 같다.

최강철이 연신 보여주는 믿을 수 없는 일들, 지난 4년 동안 사귀어왔으나 지금 옆에 서 있는 최강철은 전혀 다른 존재로 느껴지고 있었다.

마치 불가능한 일들을 당연한 듯 해치우는 최강철의 존재는 만화 속에 나오는 슈퍼맨을 보는 것 같았다.

두 사람이 체육관으로 들어서자 윤 관장이 관원들을 지도하다 말고 급히 다가오는 게 보였다.

그는 그들을 기다리고 있었던지 잔뜩 상기된 표정을 숨기지 못했다.

"이제 오냐?"

"예, 관장님."

"오늘부터 방학이라고 했지?"

"그런데요?"

"강철아, 드디어 시합 공고문이 떴다. 서울시 아마추어 신인 선수권대회 말이야."

윤 관장은 소식을 전해놓고 얼굴에 함박웃음을 띄웠는데 이 시간을 간절히 기다리고 있었던 것 같다.

아마추어 복싱 경기는 신인 선수권, 우승권, 선수권대회, 크게 3가지로 구분된다.

신인 선수권은 각 대회의 은메달 이상 수상한 선수는 참여할 수 없기 때문에 가장 레벨이 낮았고 우승권대회는 우승한 선수가 참여하지 않는 대회다.

반면에 선수권대회는 우승했던 선수까지 전부 참여하기 때문에 가장 레벨이 높은 수준을 자랑한다.

최강철은 복싱 경험이 전혀 없기 때문에 유일하게 참여할 수 있는 대회가 바로 신인 선수권대회뿐이었다.

윤 관장의 말을 들은 최강철의 표정이 순식간에 밝아졌다.

정말로 기대했던 순간이었다.

자신의 계획대로 움직이려면 3학년까지 군대를 면제받는 조건을 획득해야 했기 때문에 복싱을 시작한 이후 신인 선수권대회가 개최되기를 학수고대하고 있던 중이었다.

"언젭니까?"

"8월 23일. 앞으로 한 달 남았다."

신인 선수권대회라고는 하나 각종 대회 동메달 수상자까지 전부 참여하는 대회였으니 절대 만만치가 않다.

더군다나 요즘의 복싱 열기는 그 어느 때보다 뜨거웠기 때문에 대회에 참여하는 신인들의 숫자는 엄청났다.

한국인의 체형상 플라이급부터 라이트급까지 출전하는 선수가 가장 많았는데, 그 수는 200여 명에 달했고 최강철이 소속된 웰터급도 120명이 참가할 정도였다.

앞으로 한 달.

지금까지 3달 가까이 훈련하면서 꽤 많은 기술을 연마했지만 아직도 부족한 부분이 많았다.

상대의 공격을 미리 차단하는 스토핑과 패링, 고급 방어 기술인 스웨잉과 반격의 기회를 노리는 슬리핑 등은 이론만 들었지 아직 익히지 않았고, 제대로 된 스파링을 하지 못했기 때문에 클린치도 익숙하지 않았다.

그럼에도 자신이 있었다.

3달 동안 꾸준히 지속해 온 로드워크와 상체 근력 강화 운동으로 체력이 몰라보게 증진되었고, 복싱에서 가장 중요한 공격 기술인 스트레이트와 훅, 심지어 어퍼컷까지 자유자재로 구사할 수 있게 되었으니 어떤 상대와 붙어도 이길 자신이 있었다.

무엇보다 자신에게는 윤 관장도 혀를 내두르게 만드는 비장의 무기 레프트 잽이 장착되어 있다는 것이었다.

스파링 파트너는 물론이고 김춘수와 정용택까지 레프트 잽 하나로 박살이 날 만큼 그의 레프트 잽은 면도날처럼 날카로웠다.

밥상이 나간 후 성적표를 슬그머니 앞으로 내밀자 아버지께서 조용하게 성적표를 들어 올렸다.

그러신 후 한참을 바라보다가 옆에서 기다리고 있던 누나들에게 넘겼다.

성적을 확인한 누나들의 호들갑이 삽시간에 방 안을 가득 적셨는데 얼마나 놀랐는지 얼굴이 붉게 상기되어 있었다.

"너… 너 이거 진짜니? 혹시 성적표 위조한 거 아냐?"

"내가 성적표를 뭐 하러 위조해. 진짜야."

"우와, 미치겠네. 중간고사만 잘 봤으면 1등도 했겠다. 아부지, 강철이가 아무래도 미쳤나 봐요."

막내 누나는 계속 성적표를 뚫어지게 바라보며 호들갑을

떨었고 둘째 누나는 최강철의 등을 두드리며 연신 잘했다는 칭찬을 아끼지 않았다.

그러나 아버지는 자식들의 행동을 그저 말없이 지켜볼 뿐이었다.

벌써 알고 계신다.

학교로부터 이번 사고 때문에 정학을 한 달이나 받았다는 사실이 회사로 통보되었기 때문이다.

충격을 받으셨을 텐데 아버지는 최강철을 바라보며 아무 말씀이 없으셨다.

아직 누나들은 그가 사고 친 걸 모르는지 성적만 가지고 계속 떠드는 중이었다.

그랬기에 먼저 최강철이 무릎을 꿇고 아버지를 향해 고개를 숙였다.

"아버지, 죄송합니다."

"왜 그러니. 너 갑자기 왜 그래?"

영문을 모르는 막내 누나가 최강철의 행동에 깜짝 놀라 눈을 반짝거리며 의문을 나타냈다.

그때서야 누나들은 아버지의 반응이 이상하다는 걸 느꼈는지 천천히 입을 다물었다.

"싸운 이유가 뭐여?"

"참고 살기 싫었습니다."

"무슨 뜻인 겨?"

"걔들은 착한 학생들을 괴롭히며 학교를 어지럽히는 기생충들이었어요, 그리고 저를 벌레처럼 여기며 하찮게 대했습니다. 아버지, 저는 남들에게 존경까지는 아니더라도 존중을 받으며 살고 싶었어요. 그래서 싸웠습니다. 그놈들에게 남들을 괴롭히면 어떤 결과가 벌어지는지 보여주고 싶었습니다."

"그랬구나."

최강철의 말을 들은 아버지가 또다시 침묵 속으로 빠져들었다.

아들의 말이 무슨 뜻인지 어렴풋이 짐작이 갔다.

평생을 살아오면서 못 배웠고 가진 게 없었기 때문에 남들의 괄시를 당연하게 받아들였다.

좋아서 그랬던 건 아니었다.

그런 괄시와 천대 속에서 그가 버텨낸 것은 가족을 지켜야 된다는 책임감이 있었기 때문이지 결코 좋아서 그랬던 건 아니다.

그럼에도 오랜 세월을 살다 보니 그것이 버릇이 되었고, 그렇게 살아야만 없는 자들은 적은 돈이라도 벌어 가족들을 건사할 수 있다는 것을 배웠다.

아들을 빤히 바라보자 당당한 아들의 모습에서 윤이 흐르는 것처럼 느껴졌다.

그렇구나. 아들은 바보처럼 살아온 자신의 모습에서 부끄러움과 슬픔을 배웠는지 모르겠다.

처음에는 혼내려고 했으나 막상 그런 생각이 들자 가슴이 서늘하게 내려앉았다.

그래도 안 된다.

지금 같은 격변기에 잘못 주먹을 휘두른다면 어느 귀신이 잡아갈지 모르기에 사랑하는 아들이 걱정되는 것조차 숨기지 못했다.

"강철아, 사람은 참는 것을 배워야 한다고 헸다. 창피함도 견디고 부끄러움을 속으로 삭일 줄도 알아야 되는 거여. 내가 마음에 들지 않는다고 주먹을 쓰는 순간 너와 너를 사랑하는 사람들이 다치는 법이라고. 지금도 봐라. 당장 너희 엄마가 슬퍼하고 네가 학교에서 처벌을 받았잖냐. 안 그려?"

"그렇습니다."

"알믄 되었다… 그러믄 된 겨."

"다시는… 주먹을 쓰지 않겠습니다. 아버지, 한 번만 용서해 주십시오."

"강철아, 좋은 성적 받아와 줘서 고맙다. 하지만 주먹은 이제 안 돼. 주먹을 쓰는 놈들은 주먹으로 망한다고 혔어. 알겠지?"

"예."

"난 우리 아덜이 잘할 거라고 믿을란다. 이제 네 방에 가서 쉬어."

*   *   *

시합이 잡히자 윤 관장은 참가 신청서를 낸 후 비상에 돌입했다.

성호체육관에서 신인 선수권대회에 참가를 한 관원은 모두 5명이었기 때문에 윤 관장은 다른 때와 다르게 최강철에게 집중하지 못했다.

다른 관원들 역시 식구이기 때문이다. 속으로는 최강철에게 모든 역량을 집중하고 싶었지만 간절함은 다른 관원들 역시 마찬가지였기에 그는 대회에 참여하는 관원들을 위해 시간을 쪼개고 쪼갰다.

웰터급의 체중은 63.5~67㎏이었으나 최강철은 체중 조절을 할 필요조차 없었다.

지금 현재 최강철의 체중은 65㎏에 육박하고 있었으니 3개월 만에 5㎏이 증가한 상태였다.

그럼에도 윤 관장은 불안감을 숨기지 못하고 없는 돈을 털어 관원들 몰래 보약까지 대령했다.

평소 체중이 65㎏이란 것은 대회를 준비하기 위해 본격적으로 훈련에 들어가면 2㎏ 정도 빠지기 때문에 자칫 웰터급 출전이 어려워질 수도 있었다.

정말 윤 관장의 정성은 눈물 날 정도였다.

어떡하든 최강철의 체중을 늘리기 위해 각종 보양식을 끼니마다 대령했는데 옆에서 이성일이 끼어드는 것조차 절대 허락하지 않았다.

본격적인 훈련이 시작되자 최강철은 로드워크를 하면서 모래주머니를 달았다.

아침에는 2㎏짜리 모래주머니를 양발에 차고 10㎞를 뛰었고 저녁에는 타이어를 매단 채 국민학교 운동장을 돌았다.

이성일이 옆에서 같이하겠다고 덤볐다가 하루 만에 나가떨어졌기 때문에 최강철은 혼자서 훈련 일정을 꾸준히 소화해 나갔다.

낮에는 그동안 배운 공격 기술들을 반복 훈련 하며 스피드와 연타 능력을 끌어올렸고 위빙과 더킹, 그리고 스텝들을 다듬었다.

근력 강화 운동도 멈추지 않았다. 아직 근육이 완벽하게 자리를 잡지 못했기 때문에 잠시도 쉬면 안 된다고 생각했다.

악마가 선물한 체력과 운동신경은 하루가 다르게 발전해 나가고 있었다.

피지컬이 점점 자리를 잡으면서 체력도 무섭게 강해지고 있었다. 체력이 뒷받침되자 운동신경이 면도날처럼 예리하게 변해갔다.

시합을 3일 앞둔 지금 최강철의 몸무게는 여전히 65kg을 유지하고 있는 중이었다.

윤 관장이 워낙 열심히 먹였기 때문에 하루 종일 땀을 쏟아냈어도 체중은 변하지 않았다.

근육량이 그만큼 증가했다는 뜻이다.

만약 운동을 하지 않았다면 최강철의 체중은 67kg을 훌쩍 넘었을 것이다.

최강철이 홀로 링에 올라 훈련을 시작하자 체육관에 있던 관원들이 슬금슬금 링 사이드로 몰려왔다.

링에서는 윤 관장이 미트를 낀 채 최강철의 펀치를 받아내고 있었는데 펀치가 작렬할 때마다 북이 터지는 소리가 새어나왔다.

최강철이 훈련하는 모습을 보면서 관원들의 입이 저절로 벌어졌다.

나름대로 대회를 준비하기 위해 최선을 다하고 있던 하재용을 비롯한 프로에 입문한 선수들까지 전부 지켜보고 있었는데 최강철의 펀치가 터질 때마다 자신도 모르게 몸을 움찔거렸다.

그만큼 무서웠다.

누가 최강철을 보고 이제 복싱에 입문한 지 겨우 4개월 된 놈이라고 말할 수 있을까.

마치 펀치가 화살처럼 날아가 미트에 틀어박혔다가 빠져나오는데 한 번 공격할 때마다 7, 8차례의 연타가 고스란히 작렬하고 있었다.

복싱 유망주는 그런 펀치를 날릴 수는 있다.

하지만 지금 최강철이 하는 것처럼 잠시도 쉬지 않고 20여 분 동안 전력으로 펀치를 날리는 건 절대로 쉬운 일이 아니다.

더군다나 시간이 꽤 흐른 지금까지도 최강철의 펀치 스피드는 조금도 줄어들지 않았는데, 오히려 미트를 대주고 있는 윤 관장의 얼굴에서 식은땀이 흐르고 있었다.

펀치의 강도가 그만큼 강했고 펀치의 각도를 바꿀 정도로만 방향을 틀면서 미트를 대줬음에도 체력이 버티지 못했기 때문이다.

나름대로 윤 관장이 이번 시합에서 기대하고 있는 하재용이 최강철의 정확한 스트레이트 난사를 지켜보며 옆에 있던 서영훈에게 슬그머니 입을 열었다.

하재용은 이번 시합에 페더급으로 출전하는 신인이었고 서영훈은 이미 프로에 데뷔해서 3전을 치러 두 번을 이긴 사람이었다.

"형, 저놈 저거 정말 괴물이죠?"

"괴물 정도가 아니야. 스피드가 플라이급인 나보다도 더 빨라. 웰터급에서 저 정도의 스피드라면 아무도 못 잡을 것 같다."

"저 자식 체력도 대단하잖아요."

"휴우… 나는 지금까지 저런 놈은 처음 봤어. 강철 같은 체력에 번개 같은 주먹을 가졌으니 이번 대회에서 저놈은 파란을 일으킬 거야."

"저도 그렇게 생각해요. 저런 놈을 누가 이기겠어요."

"정말 안타까운 건 우리 체육관에 스파링 상대가 없다는 거다. 그래서 관장님도 걱정을 하시더라. 혼자 훈련하는 것하고 강한 스파링 상대와 실전 훈련을 하는 건 많은 차이가 있거든."

"형길이 형하고 광섭이 형이 가끔 해주잖아요."

"걔들 수준으로는 연습 상대가 되지 않아. 그냥 움직이는 샌드백이지. 한 체급 위인데도 스파링을 붙으면 1라운드도 버티지 못하잖아."

주형길과 김광섭은 그와 더불어 프로에 입문한 미들급 선수들이었다.

윤 관장은 관원들을 보호하느라 그들을 가급적 최강철의

스파링 상대로 붙이지 않았었는데 대회가 다가오면서 번갈아 가며 링에 올렸지만 결과는 예상했던 것보다 훨씬 더 처참했다.

비록 4라운드짜리라도 그들은 프로 복서였고 체급도 위였으나 제대로 된 주먹 한번 내보지 못하고 1라운드를 견디지 못한 채 박살이 났다.

"형은 쟤가 이번 대회에서 우승할 수 있을 거라 생각하세요?"

"모르지. 강철이가 강한 건 사실이지만 실전 경험이 전혀 없어서 불안해. 더군다나 대회에 나가보면 전혀 예상치 못했던 괴물들이 나타나거든. 거기다 안타깝게 각종 대회에서 우승하지 못했던 놈들도 출전하니까 만만치 않을 거다. 사각의 링은 지옥이야. 한 놈만 살아서 걸어 나오는 지옥 말이다. 그 지옥에서 살아남는 건 오로지 저놈 몫이야. 이제 얼마 안 남았으니까 곧 알게 되겠지. 저놈이 진짜 괴물인지 아니면 무늬만 괴물인 척한 놈인지를 말이다."

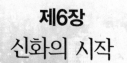

제6장
신화의 시작

드디어 결전의 날이 다가왔다.

 복싱 열기로 인해 엄청난 인파가 몰렸기 때문에 예선 장소
는 산재된 8군데서 벌어졌다.

 대부분 대규모 복싱 체육관이었는데 웰터급 시합이 벌어지
는 곳은 국내 최대 복싱 체육관 중 하나인 극동중앙체육관이
었다.

 극동중앙체육관은 올해 초 세계 타이틀전에서 사울 맘비에
게 타이틀을 뺏긴 슈퍼 라이트급의 히어로 김상현을 보유한
명문 중의 명문 체육관이었다.

예선전은 워낙 참가 인원이 많았기 때문에 하루에 30경기씩 4일에 걸쳐 벌어지는 것으로 계획되어 있었고 8강전까지는 여기서 모두 끝낸다.

웰터급의 참여 인원은 모두 합해 123명.

1차전을 끝내는 데 걸리는 시간만 해도 2일이 걸릴 만큼 많은 숫자였다.

"엄마, 공부하고 올게요."

"그려, 몸 좀 생각하면서 혀. 너무 무리하지 말고."

다녀오겠다고 인사하는 최강철을 향해 어머니가 손을 흔들었다.

아직 가족들은 그가 복싱을 하고 있다는 걸 알지 못했다.

때가 되면 자연스럽게 말하겠지만 지금은 아니라고 생각했기에 훈련을 갈 때면 언제나 도서관에 간다는 거짓말을 했다.

부모님은 최강철의 거짓말을 철석같이 믿었다.

훈련을 마치고 저녁에 돌아오면 방에 들어가 자정까지 공부했기 때문에 부모님은 그가 복싱을 한다는 걸 꿈에서도 생각하지 못할 것이다.

고된 훈련을 마치고 집에 돌아왔어도 루시퍼가 선물해 준 강철 같은 체력으로 그의 몸은 전혀 지치지 않았다.

요즘 들어 그가 집중하고 있는 것은 영어 회화와 앞으로 배워야 할 수학, 물리, 화학 같은 과목들이었다.

영어 회화는 나중을 위해 반드시 필요했기에 테이프를 구해 독학을 했고 다른 과목들은 미리 원리를 파악해서 시간을 아끼기 위함이었다.

집을 나와 체육관에 도착하자 윤 관장과 이성일이 미리 기다리고 있다가 반색을 해왔다.

오히려 그들이 잔뜩 긴장한 표정이었는데 마치 전쟁터에 나가는 분위기였다.

이미 다른 체급들의 선수들은 모두 도착해서 준비를 하고 있었지만 윤 관장의 눈은 오로지 그를 향하고 있었다.

"강철아, 오늘 잘할 수 있지?"

"그럼요, 걱정하지 마세요."

"극동이 우리 체육관하고 멀어서 아무래도 오늘은 내가 너를 따라가지 못할 것 같다. 그래서 말인데… 너는 성일이하고 가야 될 것 같아."

윤 관장이 안타까운 시선으로 주섬거리며 말을 꺼냈다.

마음은 굴뚝처럼 최강철이 시합하는 극동으로 가고 싶었지만 다른 체급의 선수들이 시합하는 장소가 가까운 곳에 붙어있었기 때문에 결국 극동을 포기한 모양이다

아마 그는 동분서주하면서 관원들이 1차전 치르는 장소를 향해 뛰어다닐 생각인 것 같았다.

"관장님, 화끈하게 이기고 돌아올 테니까 다른 사람들이나

잘 돌보세요."

"알았다. 자, 다들 모여봐."

윤 관장이 최강철에게서 눈을 돌려 대기하고 있던 선수들을 불러 모았다.

그의 눈은 어느새 변해 있었는데 선수들을 바라보는 시선에서 투기가 줄기줄기 뿜어져 나오는 중이었다.

"오늘, 너희들은 선수로서 처음으로 링에 오른다. 내가 바라는 것은 너희들이 후회하지 않고 링을 내려오는 것뿐이다. 미친 듯 싸워라. 그리고 이겨주길 바란다. 우리 모두 파이팅을 외치고 출발하자. 파이팅!"

"파이팅!"

                    *   *   *

최강철은 이성일과 함께 버스를 타고 극동중앙체육관으로 갔다.

정류장에서 내려 10여 분을 걸어가자 사람들이 붐비는 거대한 건물이 나타났다.

체육관은 3층 건물이었는데 그 앞에는 거의 300여 명의 사람이 진을 치고 있었다.

출전하는 선수를 응원하러 온 사람들이 그만큼 많다는 뜻이었다.

이윽고 문이 열리며 대회 진행자가 나타나 선수들의 접수를 시작하자 사람들이 우르르 체육관 안으로 들어갔다.

최강철과 이성일은 그런 사람들을 따라 천천히 걸음을 옮겼다.

세계 챔피언을 배출한 명문답게 극동중앙체육관의 규모는 상상을 초월할 정도로 넓었고 한쪽에 마련된 훈련 기구들도 훌륭했다.

변두리 출신인 이성일이 체육관을 둘러보며 거품을 흘려냈다.

놈은 체육관의 규모와 대회를 진행하기 위해 나온 관계자들의 포스에 기가 질렸는지 잔뜩 주눅 든 목소리로 중얼거렸다.

"이야, 죽여주는구만. 우리 체육관하고는 게임도 안 되네."

"세계 챔피언과 동양 챔피언을 여러 명 배출한 곳이라잖아."

"휴우, 챔피언을 보유하면 이렇게 되는 모양이구나."

"여기 잠깐 서 있어. 접수하고 올 테니까."

"응."

촌뜨기처럼 주눅 든 이성일을 남겨두고 접수대로 가서 자신의 이름을 적던 최강철의 눈이 팔짱을 낀 채 링 사이드에서 이야기를 나누는 사람한테 고정되었다.

전호연이다. 세계 챔피언 김상현의 매니저이자 챔피언 제조기로 불리는 명조련사가 바로 그 사람이었다.

그는 향후 5명의 세계 챔피언과 12명의 동양 챔피언을 길러냈는데 복싱계에서는 전설로 통하는 인물이었다.

정해진 접수 시간이 끝나자 대회 진행자의 독려로 인해 곧바로 경기가 진행되기 시작했다.

하루 종일 30경기를 소화해야 했기 때문에 집행부 측에서 서두르는 기색이 역력했다.

최강철은 경기가 시작되자 한쪽 구석에 마련된 탈의실에 들어가 옷을 갈아입었다.

그의 경기는 12번째였기 때문에 아직 시간이 남아 있었지만 서서히 몸을 풀어놓을 생각이었다.

체육관은 그야말로 난장판이었다.

한쪽에서 몸을 푸는 선수들이 있었고 경기가 치러지자 양쪽을 응원하는 사람들로 인해 체육관이 시장터로 변해 버렸다.

천천히 몸을 풀며 시합을 치르는 선수들을 바라봤다.

대부분 신인들이 출전했기 때문에 선수들은 종이 울리자마자 죽자 살자 싸웠는데 막 싸움도 이런 막 싸움이 없었다.

대회 입상자들은 대부분 출전하지 않는다더니 선수들의 수준이 텔레비전에서 보는 것보다 한참이나 떨어졌다.

그런 와중에도 눈에 띄는 선수들이 나타나기 시작했다.

3번째, 6번째, 8번째, 10번째에 시합에서 이긴 자들은 상대를 일방적으로 두들기며 RSC로 끝냈는데 상당한 수준을 가지고 있었다.

그럼에도 최강철은 자신의 몸을 푸는 데 충실했다.

자신이 미친 듯이 훈련을 해온 것은 이번 시합의 우승을 목표로 했기 때문이 아니다.

복싱의 강자들은 이곳이 아닌 다른 곳에 있었으니 이 대회를 발판으로 최단 시간 내에 그들을 격파하기 위해 전력을 다했던 것이다.

이윽고 11번째 시합이 끝나고 자신의 차례가 되자 최강철이 링을 향해 다가갔다.

"강철아, 긴장하지 말고 훈련한 대로만 해. 넌 반드시 이길 수 있어!"

이성일이 고래고래 소리를 질렀다.

놈은 초반에 기가 죽었던 모습은 어디로 팽개쳤는지 최강철이 링에 올라가는 순간 미친놈이 되어 있었다.

링에 올라 헤드기어를 끼고 링 중앙에 서자 잡아먹을 듯 자신을 노려보는 상대가 보였다.

놈은 기선 제압을 해야 한다는 복싱의 정설을 착실하게 수행하며 눈을 부릅뜬 채 콧김을 씩씩 뿜어내고 있었다.

그런 상대를 잠깐 바라본 후 눈을 마주치지 않았다.

간단한 심판의 주의 사항을 끝으로 공이 울리며 시합이 시작되었다.

천천히 링 중앙으로 나서자 상대가 황소처럼 밀고 들어오는 게 보였다.

강한 라이트 훅을 시작으로 정신없이 좌우 스트레이트를 날리는 걸 보며 사이드스텝으로 돌아 나왔다.

빠르지 않다, 그리고 서툴다. 더군다나 상대의 몸은 균형이 전혀 잡혀 있지 않아 펀치를 날린 후 몸이 휘청거렸다.

쉬익.

최강철이 상대의 안면을 향해 레프트 잽을 던지자 뱀이 우는 소리가 흘러나왔다.

번개처럼 터진 레프트 잽에 상대의 얼굴이 뒤로 젖혀지는 걸 확인한 최강철이 전진 스텝을 밟으며 빠르게 다가가 라이트스트레이트를 작렬시켰다.

콰앙!

밖에서 들으면 소리가 새어 나오지 않았겠지만 정타를 허용한 상대의 고막에는 폭탄 터지는 소리가 들렸을 것이다.

최강철은 자신의 펀치가 정확하게 들어갔다는 걸 감각으로 확인한 후 상대가 쓰러지는 걸 보며 조용하게 링 코너로 이동했다.

아마 일어나기 힘들 것이다. 비록 헤드기어를 끼었다고는 하나 워낙 강력한 스트레이트였기 때문에 정신을 잃었을 가능성이 컸다.

불과 경기를 시작한 지 15초 만에 벌어진 일이었다.

결국 닥터가 링으로 뛰어드는 것을 확인한 이성일이 두 팔을 번쩍 들며 만세를 부르는 게 보였다.

그런 놈을 향해 웃어주었다. 이제 시작일 뿐이다.

너와 나, 지랄 같았던 우리 인생은 이제 지금부터 새롭게 태어난다.

최강철은 파죽지세로 상대를 쓰러뜨리며 준결승에 진출했다.

4연속 KO승.

레퍼리가 경기를 중단시킨 RSC가 아니라 상대를 완벽하게 캔버스에 쓰러뜨린 통쾌한 승리들이었다.

윤 관장은 8강전부터 최강철을 따라왔는데 다른 관원들이 전부 예선에서 탈락한 후 본격적으로 세컨을 보기 시작했다.

남은 상대들은 예선에서 완벽하게 두각을 나타냈던 선수들이었다.

하지만 그런 선수들도 대회 입상 경력을 지닌 사람은 오직하나, 조남석뿐이었는데 작년 서울시장 배에서 3위를 차지한 게 다였다.

그럼에도 그는 강력한 우승 후보로 지목되었다.

신인 선수권대회 자체의 참가 선수들이 대부분이 초짜였기 때문에 그는 이 대회에서 독보적인 존재로 군림할 수 있었다.

"강철아, 긴장만 안 하면 된다. 저놈이 경기를 길게 끌고 갈지도 몰라. 그러니까 페이스에 말려들지 말고 서두르지 마. 알았어?"

"걱정하지 마세요."

윤 관장의 이야기를 들으며 최강철이 씨익 웃었다.

무슨 뜻인지 안다.

지금까지 최강철은 4번의 경기를 모두 1회전 초중반에 끝냈기 때문에 상대가 체력전을 펼질지도 모른다는 이야기였다.

그가 웃은 것은 그만큼 자신이 있기 때문이다.

자신의 체력이 약하다고 판단해서 아웃복싱을 구사한다면 상대는 더욱더 커다란 지옥을 맛보게 될 것이다.

각 체급 준결승부터는 한국체육대학교에서 벌어졌다.

워낙 복싱 열기가 뜨거워서 아마추어 신인들의 경기임에도 불구하고 몇몇의 언론과 복싱 관계자들이 눈을 빛내며 경기를 관전했다.

프로모션의 관계자들이 직접 이곳까지 온 것은 유망주를 찾아내어 스카우트를 하기 위함이었다.

물론 이런 신인급 대회에서 보물을 찾아내는 것은 쉽지 않은 일이었으나 가끔가다 괴물들이 나타나는 경우도 있었으니 프로모션을 진행하는 복싱 관계자들은 빼놓지 않고 선수들을 체크했다.

준결승답게 선수들의 기량은 예선전과 판이하게 달랐다.

플라이급부터 시작된 경기들의 수준은 상당했는데 너무 치열하게 펼쳐져서 관중들의 탄성을 연신 자아낼 정도였다.

*　　　　*　　　　*

"김 기자, 자네 같은 사람이 이런 데도 다 오고. 별일이네?"

스포츠서울의 김도환을 발견한 극동프로모션의 정기수가 반갑게 다가와서 입을 열었다.

복싱계에서 김도환은 마당발로 통했는데, 워낙 인맥이 넓었고 정보망도 뛰어나서 특A급으로 분류되는 사람이었다.

그런 특급 기자가 신인 대회에 온다는 것은 상식에서 벗어난 일이었다.

지금 현재 복싱에 관한 기사들은 흘러넘칠 정도로 많았고 팬들이 궁금해하는 챔피언들의 근황을 취재하는 데도 시간이 부족하기 때문이었다.

"종현이가 전화를 해왔어요. 특이한 놈을 발견했다면서 거

품을 물던데요. 오늘따라 시간이 조금 남아서 구경 삼아 온
거예요."

"최강철?"

"정 부장님도 알고 계셨습니까. 이거 서운한데요. 그런 일이
있으면 전화 달라고 했잖아요."

"신인 대회에서 반짝한 놈을 가지고 전화했다가 망신살 뻗
칠 일 있어. 종현이랑 나는 급이 달라요."

정기수가 웃으면서 서운한 표정을 짓는 김도환의 어깨를 툭
쳤다.

차종현은 김도환이 복싱계에 심어놓은 수많은 정보원 중
한 명이었지만 정기수는 극동프로모션의 유력한 스카우터였
으니 그의 말이 틀린 것은 아니다.

그는 완벽한 유망주가 아니면 입에 올리지도 않는 사람이었
다.

그랬기에 김도환은 피식 웃으며 다시 입을 열었다.

"그래서 정 부장님 눈으로 봤을 때 어떻습니까. 제가 괜한
발걸음한 건가요?"

"허어, 그럴 리가 있나. 종현이한테만 들은 이야기 가지고
김 기자가 여기까지 올 리는 없잖아. 그만큼 감이 왔다는 얘
기겠지."

"말 돌리지 마시고요."

"두 놈이 정신을 잃었어. 나머지 둘은 완전히 뻗었고. 김 기자도 잘 알겠지만 아마추어 경기는 헤드기어를 끼기 때문에 그런 경우가 거의 없거든. 그런데 그놈이 그런 짓을 벌였단 말이지. 무슨 뜻인지 대충 알 거야."

"주먹의 파괴력이 대단하다는 뜻이군요."

"빙고."

"괴물입니까?"

"현재까지는 그래. 하지만 상대들이 워낙 허술해서 놈의 기량을 정확하게 파악하지 못했어. 기대하지 말고 자네 말대로 재미 삼아 보라고. 그놈이 결승에 올라서 조남석과 붙으면 정확한 기량을 알 수 있을 테니까."

＊   ＊   ＊

준결승 상대는 맹호체육관의 기종서였다.

아마추어 전적이 이번 시합까지 11전이었고 그중 8번을 이겼는데, 키가 작은 반면 체구가 단단해서 접근전에 능한 인파이터였다.

그는 준결승까지 치른 4번의 경기에서 2차례나 RSC승을 거뒀다.

"강철아, 절대 거리를 주지 마라. 알았지?"

"예."

"외곽으로 돌면서 포인트를 쌓으란 말이야. 자칫하면 럭키 펀치에 당할 수도 있어."

"예."

마우스피스를 끼워주며 윤 관장이 떠들었으나 최강철은 간단하게 대답한 후 상대방을 바라보았다.

웅크린 채 링 중앙으로 나오는 놈의 모습이 마치 황소 같다.

그러나 무표정한 얼굴로 상대의 모습을 보면서 천천히 그림을 그려 나갔다.

윤 관장의 말처럼 외곽으로 빙빙 돌면서 점수나 딸 생각은 추호도 없었다.

과거의 비겁했던 삶.

두려움에 겨워 작은 상처를 피하며 구걸하듯 살아왔던 인생을 링 위로는 절대 가져가지 않는다.

윤 관장이 뭐라고 계속 말했으나 최강철은 가볍게 몸을 풀며 레퍼리의 신호를 기다렸다.

띠잉!

공이 울리자 기종서가 주먹을 앞으로 뻗어 인사를 해왔다.

나름대로 전적이 있다더니 예의를 먼저 차렸기에 가볍게 주먹을 마주 부딪쳤다.

기종서의 공격이 시작된 것은 그때부터였다.

주먹을 부딪친 후 한 발 물러섰던 기종서의 전진이 시작되었다.

그는 처음부터 강력한 인파이팅으로 체력을 고갈시켜 우세를 점하려는 작전을 펼치려는 것 같았다.

피지컬이 눈에 띄게 좋아졌으나 상대 진영에서 봤을 땐 아직 몸이 완벽하게 자리 잡지 못했기 때문에 자신의 체력이 그리 뛰어나지 않은 것으로 보였을 것이다.

더군다나 지금까지 4번 모두 1회전에 끝냈으니 충분히 오판할 가능성이 컸다.

양 훅을 날리며 전진하는 기종석의 인파이팅을 백스텝과 사이드스텝으로 피하면서 레프트 잽으로 견제했다.

공간을 날아간 최강철의 레프트 잽은 스트레이트성이었기 때문에 따라 들어오는 기종서의 안면을 연신 흔들었다.

기종서의 움직임이 둔해지기 시작한 것은 불과 1분이 지났을 때였다.

최강철은 다른 공격을 하지 않고 오직 레프트 잽으로 견제만 했는데도 기종서의 얼굴은 이미 붉게 달아오른 상태였다.

움직임이 둔해지는 순간부터 레프트 잽이 더욱 강력하게 날아가기 시작했다.

긴 리치를 이용한 레프트 잽이 마치 화살처럼 날아가 기종서의 안면에 연신 꽂히자 링 사이드에서 관전하고 있는 사람들이 웅성거렸다.

최강철이 1분 넘도록 레프트 잽 하나만 가지고 시합을 했기 때문인데 오른손을 다친 것 아니냐는 말들이 흘러나오고 있었다.

하지만 그들의 의구심은 금방 사라지고 말았다.

강력한 레프트 잽에 의해 기종서가 주춤거리고 뒤로 물러서자 최강철의 오른쪽 스트레이트가 송곳처럼 터졌기 때문이다.

그야말로 전광석화와 같은 펀치였다.

기종서는 지금까지 최강철의 오른손 펀치가 나오지 않았기 때문인지 방어조차 하지 못하고 그대로 안면을 저격당했다.

안면이 덜컥 뒤로 밀리는 순간 벼락처럼 다가간 최강철의 훅이 비어 있는 기종서의 양쪽 옆구리를 강타했다.

짜릿한 감각.

기종서는 보디 공격을 당한 후 뒤로 펄쩍 뛰며 두 발자국이나 물러섰다가 그대로 꼬꾸라졌다.

그는 옆구리를 움켜쥐고 있었는데 바닥에 모로 쓰러져 헛구역질을 하면서 죽어가는 표정을 짓고 있었다.

윤 관장의 얼굴은 붉게 상기되어 있었다.

수많은 강자를 꺾고 한국 챔피언을 지낸 그는 최강철이 준결승전에서 최선을 다하지 않았다는 것을 단박에 눈치챘다.

그럼에도 완벽하게 상대를 꺾었으니 그의 기분은 날아갈 것만 같았다.

천재다. 그것도 괴물 같은 천재.

기종서 같은 인파이터를 가장 효율적으로 상대하는 것은 금방 최강철이 보여준 것처럼 레프트 잽으로 거리를 확보하는 것이었다.

하지만 그가 레프트 잽으로 견제하라는 주문을 하지 않은 이유는 신인으로서 너무나 위험한 전략이기 때문이었다.

완성되지 않은 레프트 잽은 강한 인파이터에게는 오히려 치명적인 독이 될 수 있기에 가급적 스텝을 통해 아웃복싱을 하라고 했는데 최강철은 레프트 잽 하나만 가지고 상대를 박살 내버렸다.

기종서를 쓰러뜨렸을 때 속으로 '하나님 만세'를 외쳤다.

이런 괴물을 자신에게 선물해 주었으니 자신은 전생에 착한 일을 많이 했던 게 틀림없었다.

예상대로 또 다른 준결승에서는 조남석이 상대를 일방적으로 몰아붙인 끝에 3라운드 RSC로 승리했다.

그는 예전보다 한층 기량이 발전해 있었는데 상대를 요리하는 솜씨가 훌륭했다.

"강철아, 봤지. 놈의 주 무기는 스트레이트야. 더군다나 너와 리치가 비슷해서 지금까지 상대했던 놈들과는 달라. 네 눈으로 본 것처럼 조남석은 거의 맞지 않았다. 무슨 뜻인지 알겠어?"

"잘 모르겠습니다."

"저놈의 방어 능력이 그만큼 훌륭하다는 것이다. 내가 봤을 때 조남석은 집중적으로 스토핑을 훈련한 것 같아. 암 블로킹도 제법 괜찮고. 상대가 제대로 주먹조차 뻗지 못한 건 놈이 사전에 공격 자체를 방해했기 때문이야."

스토핑은 상대가 공격을 시작하기 전에 자신의 주먹으로 상대의 주먹이 쉽게 움직이지 못하도록 제어하는 수법이었다.

쉽게 말해서 잽을 내미는 것처럼 상대의 왼쪽 손을 툭툭 쳐서 균형을 무너뜨리는 것을 말하는데 상당한 훈련이 필요했다.

"강철아, 스토핑을 무너뜨리는 것은 스피드가 관건이다. 그러니까 놈이 만들어낸 거리를 단박에 무너뜨리면 스토핑을 제압할 수 있어."

"무슨 얘긴지 알겠어요. 그런데 관장님, 조금 떨어져서 말하세요. 너무 목소리가 커서 귀가 아프다고요."

"이 자식아, 장난하니. 지금 작전 얘기하는데 귀 아픈 게 대수야!"

"하하하… 침 튑니다."

라이트 웰터급까지 여섯 체급의 우승자가 결정되었고 드디어 최강철이 출전하는 웰터급의 차례가 돌아왔다.

재밌는 것은 다른 체급의 경기가 펼쳐질 때 멀찍이 떨어져 잡담을 나누던 사람들이 한꺼번에 링 사이드로 몰려들었다는 것이었다.

거기에는 이미 경기를 치른 선수들과 스태프들까지 섞여 있었는데 그들의 눈은 호기심과 기대감으로 가득 차 있었다.

김도환의 입이 불쑥 열린 것은 링 사이드로 거의 100여 명이 몰려들었을 때였다.

"물건이네."

"그렇구만. 물건 맞아. 사람을 끌어모으는 매력이 있어."

"정 부장님, 준결승을 본 소감이 어떠세요? 아무래도 저보다는 부장님의 눈이 더 정확할 테니 한 말씀 해주시죠."

"레프트 잽이 일품이더군. 거의 스트레이트와 같은 위력을 가졌어. 더군다나 마지막에 터뜨린 양쪽 보디 공격은 정확하게 보고 때린 거야."

"실력이 괜찮다는 말이군요."

"그냥 괜찮은 게 아냐. 저놈은 매의 눈을 지녔다고. 상대가 움직일 때 눈이 떨어지지 않더구만. 거기다가 스피드가 장난 아니잖아. 아무래도 저놈으로 인해 웰터급에 지각 변동이 생길 것 같아."

"강력한 펀치력에 테크닉, 그리고 스피드라. 신인을 너무 높게 쳐주는 것 아닙니까?"

"그거야 결승전을 보면 알게 되겠지. 준결승에서 전력을 다하지 않은 것 같으니까 우리 함께 지켜보자고."

링에 올라 천천히 워밍업을 하면서 몸을 풀었다.

워낙 신인급 대회라 소개조차 하지 않았는데 링 사이드에 몰려든 사람들의 입에서 어떻게 알았는지 최강철의 이름이 흘러나오고 있었다.

상호 인사를 건넨 후 윤 관장의 악다구니와 이성일의 고함 소리를 들으며 링 중앙으로 나갔다.

첫 대회였지만 지금까지 상대했던 선수들의 수준은 마음껏 기량을 뿜어내기에 한참 모자랄 정도로 형편없었다.

그러나 조남석은 다르다.

그의 시합을 지켜본 결과 다른 선수들보다 한 단계 높은 실력이 확인되었으니 지금까지 준비해 왔던 것들을 마음껏 펼쳐 볼 생각이었다.

역시 균형이 잡혀 있다.

가볍게 뻗어내는 펀치에 힘이 들어 있지 않았으나 공간을 넘어 목표점에 도착했을 때의 임팩트가 좋았다.

펀치를 보면서 더킹으로 가볍게 흘려낸 후 레프트 잽으로 상대의 다음 공격을 차단했다.

조남석은 그의 경기를 분석한 듯 스토핑을 걸어 펀치를 중간에서 가로막았다.

재밌다. 그리고 즐겁다.

때리는 대로 맞는 자들과의 시합은 긴장감도 없고 자신의 실력을 펼칠 기회도 없다.

조남석은 철저히 거리 싸움을 하면서 최강철의 레프트 잽을 견제한 후 공격을 가해왔는데 한 번에 서너 개의 펀치를 날려왔다.

뒤로 물러서지 않고 위빙과 더킹으로 조남석의 공격을 받아내며 좌우로 돌았다.

빈 곳이 보인다. 하지만 치명적인 공격을 참으며 자신이 익혀온 방어술을 펼쳤다.

위빙과 더킹, 그리고 암 블로킹에 이은 스텝의 이동.

반격을 가하지 않자 조남석의 공격이 점점 거칠어졌으나 몸에 적중되는 것은 거의 없었다.

가끔가다 스쳐 맞기는 했으나 결정적인 펀치는 허용하지 않았는데 종이 한 장 차이로 흘려보냈기 때문에 아무런 대미지도 받지 않았다.

몸이 저절로 반응하고 있었다.

초감각. 루시퍼가 그에게 준 반사 신경은 위험한 펀치에 즉각적으로 반응해서 상대의 공격을 무력화시켰다.

1라운드 내내 조남석의 공격을 받아내기만 하면서 시간을 보냈다.

즐거워서 미칠 지경이었다.

꽤 괜찮은 수준의 공격을 자신이 익혀온 방어 기술로 전부 차단한다는 것은 생각했던 것보다 훨씬 즐거운 일이었다.

1라운드를 끝내고 코너로 돌아오자 윤 관장이 잡아먹을 것처럼 그를 노려봤다.

"이 자식아, 왜 공격을 안 해. 졸았어!"

"졸긴요. 결정적인 건 전부 피했잖아요."

"반격하라고. 그렇게 공격만 받다가는 진단 말이다. 아무리 저놈의 공격이 강해도 그렇지, 펀치를 내야 될 거 아냐. 공격이 최상의 방어라는 말 몰라!"

"걱정 마세요. 이번 라운드에서 끝낼 테니까. 공격이 강해서 피하기만 한 거 아닙니다. 1라운드는 관장님이 가르쳐 준 방어 기술이 통하나 안 통하나 시험해 본 것뿐이에요."

"뭐라고! 이 미친놈이……."

"관장님, 저녁은 삼겹살 사주세요. 오늘은 그게 당기네. 성일아, 너도 좋지?"

"아이고, 인마. 일단 우리 시합부터 이기자. 나 심장 떨려 죽겠어."

"크크크… 기다려, 금방 끝내고 올 테니까."

링 중앙으로 나가자 조남석의 공격이 다시 시작되었다.

놈은 자신이 피하기만 하자 자신의 펀치에 겁을 먹었다고 느낀 모양이었다.

날카로운 좌우 스트레이트를 더킹으로 피하며 라이트 훅을 가동시켰다.

크로스 카운터.

고개를 숙인 상태였지만 눈은 정확하게 상대의 움직임을 주시하고 있었기에 조남석의 턱이 남산만 하게 보였다.

라이트 훅에 적중당한 조남석이 휘청하며 뒤로 물러나는 것을 확인한 최강철이 성큼성큼 전진 스텝을 밟으며 따라 들어갔다.

단방에 끝낼 생각은 없었다.

1라운드에서는 방어 기술을 시험해 봤으니 이번 라운드에서는 자신이 익혀온 공격 기술들을 전부 터뜨려 볼 생각이었다.

빛살처럼 터지는 좌우 스트레이트, 그리고 양쪽 보디.

기형적인 각도에서 올라간 어퍼컷과 머리를 맞댄 채 시전된

쇼트 훅.

펀치의 강도를 조절한 최강철의 펀치가 무차별적으로 쏟아지기 시작하자 조남석이 연신 뒤로 밀렸다.

그런 상대를 야금야금 뒤따르며 천천히 무너뜨렸다.

제대로 된 임팩트를 가했다면 조남석은 지금쯤 벌써 황천길을 건넜을 테지만 마지막 순간에 힘을 반쯤 뺐기 때문에 아직까지 두 발로 서 있는 상태였다.

하지만 그것만으로 조남석의 혼은 반쯤 날아가 있었다.

최강철의 펀치 각도는 정석을 보여주는 것이었고 스트레이트에 이은 양 훅 공격과 어퍼컷의 조화는 아름답다는 생각이 들 정도였다.

조남석을 무너뜨리는 데 걸린 시간은 불과 30초였다.

펀치력을 반으로 줄였음에도 그 30초 동안 날아간 50여 발의 펀치는 캔버스를 조남석의 침대로 만들어 버렸다.

엄청난 연타 능력.

링 사이드에 늘어선 채 경기를 관전하며 소리를 지르던 관중들이 동시에 입을 다물었다.

최강철의 마지막 무시무시한 연타 공격에 조남석이 정신을 잃어버린 채 캔버스에 길게 쓰러지자 더 이상 환호할 수 없었던 것이다.

충격. 그래, 충격이 맞다.

최강철의 공격 능력은 이런 수준의 대회에서 나올 수도 없고 나와서도 안 되는 충격적인 것이었다.

정적은 길지 않았다.

승리의 기쁨을 나타내면서 두 손을 번쩍 치켜드는 순간, 관중들의 입에서 우레와 같은 함성이 터졌는데 최강철의 이름이 여기저기서 연호되고 있었다.

그 모습을 보면서 김도환이 충격으로 다물어지지 않았던 입을 겨우 열었다.

"정말 대단하네요."

옆에 서 있던 정기수한테 한 말이었지만 대답이 돌아오지 않았다.

그는 링 위에서 윤 관장과 이성일에게 둘러싸여 웃고 있는 최강철의 모습을 바라보며 눈을 떼지 못하고 있었는데 시선에서 불꽃이 튀는 것 같았다.

"정 부장님, 군침이 도는 모양입니다?"

이번에는 옆구리를 툭 건드렸다.

넋을 잃고 최강철을 바라보는 그의 시선에는 탐욕이 가득 담겨 있었기에 김도환의 목소리가 조금 올라갔다.

"직업이잖아. 당연히 군침 돌 수밖에."

"펀치가 눈에 보이지 않았어요. 엄청난 연타 능력에 펀치력까지 겸비했으니 당장 프로에 데뷔해도 되겠는데요."

"가끔가다 괴물들이 나타나곤 하지. 홍수환이나 유재두처럼 불현듯 나타나서 세계를 재패한 괴물들 말이야."

"어쩔 생각이십니까?"

"어쩌긴 뭘 어째. 이제 고등학교 1학년을."

"저놈이 고등학교 1학년이었어요? 와우, 미치겠네."

"17살이더라. 창창하지."

"그럼 찜이라도 해놔야죠. 대한 측에서 저놈에 대해 알게 된다면 눈에 불을 켤 텐데요. 그쪽은 집요하기로 소문났잖아요."

"그렇지 않아도 지금 만나볼 생각이야. 김 기자 말대로 이쪽 세계는 먼저 찜한 쪽이 우선권을 가지니까."

"잘되길 바랍니다. 제 눈으로 봐도 저놈은 성공할 것 같군요."

"고맙군. 하지만 쉽지는 않을 거야. 저 자식이 프로로 데뷔할 생각이었다면 아마추어 경기에 나왔겠어?"

"그렇긴 하죠."

"앞으로 재밌어질 것 같아. 절대 강자인 강북 4웅에 새로운 도전자가 나타났으니 판도가 뒤집히겠다."

"쟤가 그 정도예요?"

김도환이 정기수의 말을 듣고 두 눈을 휘둥그레 떴다.

강북 4웅은 아마추어 웰터급의 절대 강자들로서 한 사람이 국가 대표를 독식하는 다른 체급과 달리 번갈아가며 태극 마크를 가슴에 다는 선수들이었다.

그들 4명을 강북 4웅으로 부르는 것은 소속된 체육관이 전부 강북에 위치하고 있었기 때문이다.

정기수가 최강철을 그들과 비교한다는 사실이 쉽게 이해가 되지 않았다.

최강철이 대단한 실력을 자랑하며 신인 선수권대회에서 우승했지만 그들은 여기 출전한 사람들과 비교 불가능 한 실력을 보유하고 있었다.

하지만 정기수는 자신의 판단을 뒤로 물릴 생각이 없는 것 같았다.

"커리어만 쌓이면 충분히 해볼 만할 거야. 놈은 어린 나이답지 않게 냉철한 판단력과 독한 마음을 가지고 있어. 신인은 상대가 그로기에 몰리면 선뜻 펀치를 내지 못하는데 놈은 전혀 망설임이 없었단 말이야. 두고 봐. 내가 봤을 때 저놈은 분명 2년 내에 강북 4웅을 작살낼 테니까."

"괜찮군요. 상상만 해도 기분이 좋습니다."

"목소리를 들어보니 쓸 생각인 모양이네."

"그림이 잘 만들어졌잖습니까. 아마추어에서 6연속 KO승은 드문 일이죠. 분명 독자들이 좋아할 겁니다. 저놈이 잘되었을 때 최초로 발견한 사람이 나라는 걸 증명해야죠."

윤 관장은 접근해 온 정기수를 단칼에 물러나게 만들었다.

최강철은 자신의 보물이었는데 듣도 보도 못했던 놈이 군 침을 흘리자 거품을 물면서 불같이 화를 냈다.

신인 선수권대회에서 우승한 다음 날 윤 관장은 체육관 정 면에 현수막을 대문짝만 하게 붙여서 자신의 기쁨을 마음껏 나타냈다.

비록 복싱 대회 중 최하급인 서울시 신인 선수권대회였지 만 자신이 직접 키운 제자가 우승을 하자 세상을 다 가진 사 람처럼 행복해했다.

최강철의 우승 소식은 스포츠서울에 단신으로 났기 때문에 사진은 담겨 있지 않았다.

기사에서는 최강철이 6연속 KO승을 거두며 우승했고, 앞 으로 웰터급의 판도를 바꾸어놓을 기대주라고 쓰여 있었다.

*   *   *

시간이 빠르게 지나갔다.

최강철은 착실하게 피지컬을 키워 나갔고 공부 역시 게을 리 하지 않았다.

그렇게 9개월이 흘렀다.

그동안 최강철은 서울시장 배 복싱 대회 고등부를 석권했고 전국체전에서 금메달을 땄다.

연전연승.

서울시장 배에서의 5연속 KO승, 전국체전에서의 4연속 KO를 합해 지금까지 15연속 KO승을 기록했다.

복싱계가 서서히 그를 주목하기 시작했다.

비록 고등부에서 쌓은 전적이라고는 하나 최강철의 15연속 KO승은 헤드기어를 쓰고 시합하는 아마추어 복싱에서는 거의 불가능에 가까운 것이기 때문이었다.

최강철이 우승을 해나갈수록 성호체육관 앞에는 현수막의 숫자가 점점 늘어갔고 관원들의 숫자도 불어났다.

윤 관장은 최강철을 보물 다루듯 했는데 관원이 불어나자 코치를 한 명 영입해서 훈련을 전담하게 만든 후 자신은 온통 그에게 모든 관심을 기울였다.

지성이면 감천이라는 말이 있다.

그만큼 정성을 다하면 하늘도 감동해서 원하는 일을 들어준다는 말이었다.

정확하게 1년 2개월 만에 최강철의 몸무게는 69㎏을 찍었는데 완벽하게 균형 잡힌 몸매가 아름답게 보일 정도였다.

최강철은 훈련을 잠시도 쉬지 않았다.

정해놓은 목표가 있으니 오로지 전진할 뿐이었다.

자신의 계획은 복싱으로부터 시작되고 이 일을 제대로 끝내야 다음 계획을 진행시킬 수 있었다.

물러서지 않을 것이다.

자신의 비참했던 삶을 뒤로하고 찬란한 황제로 등극할 때까지 전력을 다해 새로운 삶을 살아갈 생각이다.

학교에서도 집에서도 모든 관심은 그에게 향해 있었다. 그가 지금까지 벌인 행동들은 도저히 상식적으로 이해되지 않았기 때문이다.

최강철은 1학년 2학기 중간고사와 기말고사에서 전 과목 100점을 받아 선교 수석을 차지했고 2학년에 들어와서도 중간고사를 또다시 휩쓸었다.

학교 측에서는 그의 성적을 기적이라 불렀다.

4연속 만점은 정문고 역사상 처음 있는 일이었는데 이대로라면 개교한 이후 최초로 서울대 입학도 가능할 것으로 예상되었다.

그랬기에 2학년 담임을 맡은 황창구는 수시로 최강철을 불러 복싱을 그만두길 종용했다.

전교 수석으로 학교 측의 기대를 한 몸에 받고 있는 그가 복싱을 하면서 시간을 낭비하는 건 결코 바람직하지 않은 일이라며 담임선생은 심지어 살려달라는 표현까지 썼다.

담임선생 역시 학교 측에서 커다란 압박을 받고 있다는 뜻
이었다.

  하지만 최강철은 자신의 뜻을 굽히지 않았다.

  학교 측에서 부모님까지 동원하며 압박해 왔으나 그는 복
싱으로 인해 공부를 잘하게 되었다는 기괴한 논리로 부모님
을 설득했다.

  세상에 어떤 부모가 자식이 잘되기를 바라지 않겠는가.

  복싱을 하면서 성적이 안 나오면 모를까 최강철은 복싱을
시작한 후 누구나 놀랄 정도의 성적을 거두고 있었으니 아버
지와 어머니는 그의 말은 들은 후 두 번 다시 복싱을 그만두
라는 권유를 하지 않았다.

  이제 그의 피지컬은 완성을 향해 달려가고 있었다.

  온몸에 차돌같이 들어선 근육들이 종마 같은 체력을 끌어
내어 3kg의 모래주머니를 차고 전력으로 10㎞를 달려도 끄떡
없게 만들어주었다.

  끊임없이 지속해 온 상체 근력 강화 운동은 어깨를 넓혀주
었고 상체 골고루 근육을 심어놓았는데 복부에는 임금 왕 자
가 주름처럼 깊게 파여졌다.

  요즘 유행하는 짐승남의 전형적인 상체.

  그의 벗은 몸매를 여자들이 봤다면 감탄이 저절로 나올 만
큼 황홀한 체형이 완성된 것이다.

천천히 걸어 체육관으로 들어서자 20여 명의 관원이 구슬땀을 흘리고 있는 게 보였다.

그가 처음 왔을 때 50명이었던 관원 숫자는 이제 100명이 훌쩍 넘고 있었다. 계속해서 우승을 하면서 얻은 홍보 효과도 있었지만 복싱 붐이 그만큼 폭발적으로 늘어났기 때문이다.

1980년에 복싱은 모든 스포츠 중에서도 비교가 불가한 인기를 얻고 있는 종목이었다.

특히 프로 복싱은 맨몸 하나로 일확천금의 꿈을 이룰 수 있었기 때문에 없는 자들에게는 엘도라도와 같은 것이었다.

윤 관장의 모습이 보이지 않아 사무실로 찾아가자 그가 전화를 받으며 연신 고개를 조아리는 게 보였다.

별일이다.

윤 관장은 반골 기질을 가지고 있어 누군가에게 고개를 숙이는 걸 본 적이 없었다.

그런 그가 전화통 너머 누군가에게 연신 고개를 조아리고 있으니 이상한 일이었다.

한참을 통화하던 그가 상대방이 전화를 끊자 전화기를 내동댕이치며 최강철을 향해 달려와 미친 듯이 끌어안은 것은 훈련을 위해 가방을 내려놓고 글러브를 챙길 때였다.

"강철아, 드디어… 드디어 우리 꿈이 이루어지게 되었다."

"무슨 소리세요?"

"복싱 협회에서 전화가 왔어. 너를 국가 대표 선발전에 초청한다고 말이야."

"정말입니까."

"지금 온 게 그 전화다. 사무장이 직접 전화를 했더라."

윤 관장은 소식을 전해주면서 웃음을 멈추지 못했다.

국가 대표다. 국가 대표 선발전이란 말이다.

아마추어 복싱을 하는 사람이면 누구나 꿈꾸는 국가 대표는 수많은 선수 중에서 단 한 사람만이 갖는 영광이었다.

윤 관장이 이토록 기뻐하는 것은 아직 경험이 일천한 최강철이 선발전에 초청되었다는 것 때문이었다.

제대로 된 대회에서 이제 겨우 두 번밖에 우승하지 못했음에도 국가 대표 선발전에 초청했다는 것은 그만큼 복싱 협회가 최강철의 잠재력을 높이 평가했다는 뜻이다.

당시의 국가 대표 선발전은 권위 있는 대회의 우승과 준우승 전력이 있는 선수들을 대상으로 치러졌는데 최강철은 지금까지 고등부에 출전했기 때문에 대상자에 포함되지 않았다.

그럼에도 복싱 협회가 이런 결정을 내린 것은 강북 4웅이라는 웰터급의 강자들이 국제 대회에서 전부 일본의 히로키에게 막혀 기를 펴지 못했기 때문일 것이다.

새로운 영웅.

복싱 협회에서는 히로키를 꺾을 새로운 영웅이 필요했고 그 대상자 중에 한 명으로 최강철을 선택한 게 분명했다.

"언제랍니까?"

"6월 15일. 주요 대회의 입상자들만 선별해서 국가 대표 한 자리를 놓고 승부를 벌이기 때문에 빡세도 보통 빡센 게 아니야."

"좋군요."

"여기서 이긴 놈이 10월 달에 서독에서 열리는 세계 선수권 대회에 출전한다고 하더라."

"관장님, 서독 가봤습니까?"

"아니. 내가 거기 갈 일이 뭐가 있어. 자식이, 가끔가다 아픈 델 찌른단 말이지."

"곧 갈 겁니다. 내가 관장님 서독 구경시켜 드릴게요."

"하하하… 인마, 국가 대표 선발전은 네가 출전했던 대회들과 수준이 달라. 고등학생 신분으로 초청받았다는 것만으로도 영광이라고. 그러니까 까불지 말고 참가하는 것만으로 만족하자. 그저 열심히 준비해서 국가 대표급 놈들이 얼마나 센지 경험이나 한다고 생각해."

"관장님, 전 구경이나 경험 같은 거 싫어하는 놈입니다."

"무슨 소리냐?"

"이번에 이겨서 국가 대표가 될 거란 말입니다. 그러니 관장님은 10월 달에 서독 갈 준비나 하세요."

윤 관장은 모른다.

자신이 고등부 대회에서 일부러 압도적인 실력을 선보이지 않았다는 것을.

성호체육관에는 제대로 된 스파링 파트너가 없었기 때문에 실전 훈련을 위해서 최대한 길게 라운드를 끌고 갈 필요성이 있었다.

그래서 신인 선수권대회처럼 1회전에 끝내지 않았다.

상대가 가진 기량을 최대한 끌어낸 후, 자신이 익힌 기술들을 차근차근 꺼내 들어 3라운드에서 결판을 냈는데 마지막 순간 적의 숨통을 확실하게 끊어놓았다.

첫 대회가 끝난 후 스토핑과 패링, 스웨잉까지 거의 완벽에 가까울 정도로 익혔고, 보다 커다란 세상을 대비하기 위해 숄더블로킹까지 장착했다.

이제 웬만한 실력을 가진 선수들은 자신에게 어떤 펀치도 적중시키지 못할 정도로 완벽한 방어 체계를 구축했다는 뜻이다.

국가 대표 선발전은 윤 관장의 말대로 지금까지 그가 출전했던 대회들과 근본적으로 커다란 수준 차이를 가지고 있었다.

귀가 따갑게 들었던 강북 4웅은 물론이고 최근 급격하게 두각을 나타내는 강자들까지 전부 출전하기 때문에 결코 쉬운 경기들이 되지 않을 것이다.

그럼에도 전혀 두렵지 않다.

반드시 해낸다. 이번 기회를 놓치면 또다시 일 년이란 세월을 기다려야 하기 때문에 반드시 이번 기회를 잡아야 한다.

*   *   *

"그놈 괜찮을까?"

"왜요?"

"너무 수준 차이가 나면 우리 때문에 유망주 하나가 죽을 수도 있어."

"반대로 그놈이 우승하면 우린 히로키를 꺾을 수 있는 비밀 병기를 갖게 되죠. 사무장님도 보셨잖습니까?"

"봤지. 대단하더군. 하지만 그건 고등부 시합이었잖아."

"이번에 져서 국가 대표가 되지 않는다 해도 그놈에게는 커다란 기회가 될 수 있습니다. 큰물에서 놀아본 놈이 더 성장하는 법이니까요. 만약 사무장님이 걱정하는 것처럼 한 번의 패배로 정신이 꺾인다면 애초부터 싹수가 노란 놈이니까 버려도 됩니다. 하지만 그런 일은 없을 겁니다."

"왜지?"

"저는 그놈을 처음 발견한 후부터 계속해서 따라다녔습니다. 최강철의 눈에는 독기가 살아 움직입니다. 기회가 오면 상대를 박살 내는 데 전혀 주저함이 없었단 말입니다. 그런 놈은 한 번 진다고 해서 그냥 꺾이지 않습니다."

정기수가 자신에 찬 말투로 복싱 협회 사무장인 유광호를 향해 말을 했다.

그는 윤 관장에게 퇴짜를 맞았지만 전혀 불쾌한 표정을 짓지 않았는데 돌아서면서 반드시 다시 만나게 될 거란 말을 남겼다.

그런 후 최강철이 시합에 출전할 때마다 쫓아가 성장하는 모습을 지켜봤다.

볼수록 군침이 돌아 저절로 입맛이 다셔졌다.

처음과 또 다르다. 불과 몇 달 지나지 않았음에도 최강철의 방어 기술들은 진화되었고 펀치의 정교함도 몰라보게 달라졌다.

무엇보다 그를 감탄하게 만든 것은 복싱 선수로서 가져야 하는 판단력과 결단력이 새파랗게 살아 있다는 것이었다.

지능이 뛰어나고 심성이 독하지 않으면 절대 할 수 없는 일이다.

복싱 선수는 단순히 펀치력이 강하고 기술이 좋다고 해서 승리하는 것이 아니었다.

상대에 대한 전략을 철저히 파악하는 두뇌와 기회를 끝까지 물고 늘어지는 근성이 모두 갖춰졌을 때 진정한 강자로 등극하는 것이다.

그가 봤을 때 최강철은 그 모든 것을 가지고 있는 괴물이었다.

불과 고등부 경기만 치른 그를 국가 대표 선발전에 반드시 출전시켜야 한다며 사무장을 설득한 것도 최강철이 가지고 있는 능력을 그만큼 높게 평가했기 때문이다.

정기수가 워낙 강하게 말을 하자 걱정을 늘어놓았던 유광호의 얼굴에서 슬며시 웃음이 피어올랐다.

처음에는 말도 안 되는 소리라고 펄쩍 뛰었던 그가 최강철을 국가 대표 선발전에 포함시킨 것은 경기를 본 후 그 역시 어느 정도 기대감을 가졌기 때문이다.

더불어 정기수의 부탁을 들어주었을 때 돌아올 반사이익을 생각한다면 쉽게 뿌리치기도 어려웠다.

국내 최대의 프로모션 '극동'의 실세 정기수는 그에게 커다란 돈줄이기도 했으니 말이다.

"하여간, 이제 보름 남았군. 그놈 열심히 훈련한다면서?"

"윤 관장하고 붙어삽니다. 잠시 가서 봤더니 훈련량이 대단하더군요. 그 나이에는 쇠도 씹어 먹을 수 있다고 했는데 그놈을 보니까 실감이 나던데요."

"윤성호가 키워서 그런가 스트레이트는 정말 일품이더구만. 예전에 윤성호의 스트레이트를 맞고 견딘 놈들이 없었지."

"그렇죠. 윤성호가 부상만 당하지 않았다면 최소 동양 챔피언은 먹었을 겁니다. 하지만 최강철의 진짜 주 무기는 레프트 잽입니다. 거의 송곳처럼 들어가죠. 상대한 놈들은 레프트 잽에 대부분 초죽음이 됐으니까요."

"다른 놈은 없던가?"

"성호체육관 말인가요?"

"그래, 최강철 말고 괜찮은 놈은 없어? 윤성호가 가르치면 다른 유망주도 꽤 있을 것 같은데?"

"없습니다. 윤 관장은 아예 다른 놈들은 쳐다보지 않고 있어요. 오직 최강철 옆에 붙어서 시합에 대비하는 중입니다."

"하긴 아무리 잘 가르쳐도 인재가 없으면 소용이 없는 법이지."

"어쨌든 저는 요즘 즐겁습니다. 그놈이 이번 선발전에서 깽판을 쳐버리면 난리가 날 겁니다."

"나도 그놈이 잘됐으면 좋겠어. 강북 4웅이란 별명은 어떤 새끼가 지어준 건지 모르지만 어울리지 않아. 히로키에게 깨진 놈들한테는 너무 과분한 별명이라고. 우물 안 개구리들이지. 히로키, 누구라도 그 새끼를 이겨주기만 하면 내가 업고 다니겠다. 다른 체급은 안 그런데 꼭 웰터급만 일본 놈에게

개차반이 난단 말이지. 이놈의 웰터급 때문에 국민들한테 욕 먹은 걸 생각하면 이가 갈려요."

"기대해 보시죠. 정말 최강철이 사고를 칠 수도 있으니까요."

피지컬이 좋아지자 체력은 끝없이 솟구치는 샘물처럼 전신을 휘돌았다.

그럼에도 최강철은 훈련을 멈추지 않았다.

지금은 아마추어 경기를 하고 있지만 곧 프로로 데뷔할 테니 아직 완성되지 않은 피지컬을 더 가다듬고 싶었다.

프로는 아마추어 복싱과 달리 짐승들이 사는 곳이었다.

아마추어 복싱이 초식동물들의 세상이라면 프로 복싱은 철저하게 약육강식이 판치는 맹수들의 세계였다.

더군다나 이번 시합은 아마추어 복싱에서는 최강자들이 모두 출전하기 때문에 테크닉 면에서 웬만한 프로 복서들을 찜 쪄 먹는 선수들과 싸워야 한다.

아마추어 복싱은 3라운드만 뛰기 때문에 프로 복싱보다 훨씬 스피드가 빠르고 테크닉도 더 정교했다.

최정상에 있는 사람들은 과연 어떤 모습을 보여줄까.

정말 기대되는 일이다.

국가 대표 선발전이 다가왔지만 최강철은 학교를 한 번도 빼먹지 않았고, 훈련이 끝난 후 공부하는 것도 멈추지 않았다.

9개월 동안 계속해 온 영어 회화는 이제 완벽하게 머릿속에 저장되어 당장 미국에 날아가도 웬만한 대화는 할 수 있는 수준까지 올려놨고, 지금 진행되는 교과목은 물론 3학년에 배울 내용까지 공부해 놓은 상태였다.

부모님의 걱정은 이만저만한 게 아니었다.

이제 막내아들이 복싱을 한다는 걸 알고 있었기 때문에 늦게 들어와서 공부하는 아들을 볼 때마다 부모님은 한숨을 길게 내리쉬었다.

"강철아, 이제 3일 남았다. 자신 있지?"

"걱정 마라. 나는 반드시 국가 대표가 된다."

"그럼 당연하지, 너는 천하무적이야. 강북 4웅인지 지렁인지 너한테는 상대가 안 돼."

"무협지 좀 그만 봐라, 이놈아. 대화 수준 좀 올려. 문학적인 걸로 우아하게 말하면 오죽 좋아?"

"지랄, 싸움 고수를 표현할 때 무협지에 나오는 말처럼 현학적이고 아름다운 것도 없어. 천하무적, 얼마나 좋은 단어냐."

"어이구, 내가 말을 말아야지."

최강철이 책을 가방에 넣으며 뻔뻔한 얼굴을 하고 있는 이성일을 째려봤다.

그러자 이성일이 최강철을 따라 자리에서 일어나며 푼수처럼 웃었다.

그는 복싱을 뒷전으로 한 채 최강철의 뒤에서 훈련하는 시간과 스케줄을 체크했는데 매니저 흉내를 톡톡히 냈다.

"그런데 강철아."

"왜?"

"정태가 문화여고 애들이랑 미팅하자는데… 다음 주에. 너 그때 되면 시합 끝나잖아. 같이 가자."

"이놈은 예나 지금이나 여자 정말 좋아해. 싫다. 고등학생이 무슨 미팅이야."

"인마, 우린 청춘이라고. 청춘의 특권은 여고생을 사귈 수 있다는 거다. 너 그렇게 훈련하고 공부만 하다가는 일찍 늙어. 인마, 너를 위해 마련한 자린데 싸가지 없이 나올래!"

"잘하는 짓이다. 시합 앞둔 친구한테 유혹질이나 하고. 그런데 예쁘다냐?"

"얼씨구, 그런 건 왜 물어봐. 시합 앞둔 놈이."

"크크크… 나도 지금은 청춘이거든."

국가 대표 선발전은 다른 대회와 달리 언론의 관심이 집중된다.

선발전을 토대로 세계 선수권대회의 출전이 결정되기 때문에 언론에서는 이번 대회를 비중 있게 다뤘다.

최근 들어 프로 복싱 타이틀전이 거의 벌어지지 않았기 때문에 더욱 그랬는지도 모른다.

선발전이 벌어지는 장충체육관은 대한민국 프로 복싱 메카로서 대부분의 세계 타이틀전이 이곳에서 벌어졌다.

모든 체급의 출전 선수는 16명으로 한정되기 때문에 결승까지 오른다면 4경기를 치러야 한다.

대회가 이틀에 걸쳐 벌어지는 이유는 경기를 치른 선수들이 체력을 회복해서 완벽한 기량을 펼치게 하려는 배려 때문이었다.

윤 관장과 함께 정문을 통과해서 체육관으로 들어서자 꽤 많은 기자가 플래시를 터뜨리기 시작했다.

그들은 이미 고등학생 신분으로 국가 대표 선발전에 출전권을 획득한 최강철에게 커다란 관심을 보이고 있었다.

하긴 어쩌면 당연한 일이다.

비록 고등부 경기였지만 15연속 KO승을 이끌어 낸 최강철은 복싱 기자들 사이에서는 화제의 인물이었다.

기자들은 질문을 하지 않고 사진만 찍었다.

그 당시에는 시합을 코앞에 둔 선수에게 인터뷰를 하는 건 룰을 어기는 것으로 간주되었다.

최강철의 시합은 2번째였는데 첫 경기에서는 강북 4웅을 만나지 않았다.

그의 첫 상대는 전국체전에서 강북 4웅의 한 명이자 현 국가 대표인 마현석에게 져 준우승을 차지한 김기방이었다.

전라도 광주 출신으로 저돌적인 인파이팅을 하는데 스트레이트와 양 훅이 수준급인 선수로 알려져 있었다.

마현석마저 궁지에 몰릴 정도로 강하게 몰아붙이다가 아깝게 졌다고 했으니 결코 만만하게 볼 선수가 아니었다.

정보가 부족하다.

비디오카메라가 통용되는 시기도 아니었고 직접 가서 볼 기회도 없어 김기방이 어떤 특기를 가지고 있는지에 대한 사전 정보가 아무것도 없었다.

그럼에도 최강철은 시합을 기다리며 가볍게 몸을 풀고 시간을 보냈다.

상대가 누구든 상관없다.

나는 누구든 부술 준비가 되어 있으니까!

*   *   *

선발전의 첫 경기는 강북 4웅의 한 명인 미아체육관 소속 정국영이 판정승으로 이겼다.

비슷한 경기를 펼친 것으로 보였지만 실상을 보면 꽤나 차이 나는 경기였다.

정국영은 체력 안배를 하기 위해선지 적정한 선에서 치고 빠지며 상대의 공격을 효율적으로 막았는데, 방어 기술이 대단해서 거의 펀치를 허용하지 않았다.

"강철아, 준비됐지?"

"예."

"다시 말하지만 경험 쌓는다고 생각하면 편해질 거다. 긴장하지 말고 훈련한 대로만 해. 원 없이 싸우다가 내려오란 말이야. 알았어?"

"관장님은 꼭 제가 질 것처럼 말하시네요."

"누가 지래. 상대가 워낙 강하니까 최선을 다하자는 말이지."

"그 말이 그 말입니다."

"어이구, 이 자식아!"

"하하하… 관장님을 위해서 멋지게 싸울 테니 걱정하지 마세요."

"그래, 고맙다. 15연속 KO승이 그냥 얻어진 게 아니란 거저 녀석한테 꼭 보여줘라. 자, 들어가자."

윤 관장이 링 위로 오르는 김기방을 가리킨 후 주먹을 불끈 쥐어 보였다.

간절한 마음이 느껴진다.

워낙 수준이 높은 선수들이 출전했기 때문에 저도 괜찮다는 말로 긴장을 풀어줬지만 누구보다 간절하게 승리를 바라는 건 바로 그였다.

국가 대표를 뽑는 선발전이었으나 예선전이었기 때문에 장내 아나운서의 소개는 없었고 매니저도 링에 오르지 못하게 했다.

천천히 계단을 올라 링에 들어가 가볍게 관중들을 향해 인사를 한 후 링 중앙으로 걸어갔다.

이미 심판은 먼저 중앙으로 나온 김기방과 함께 그를 기다리고 있었다.

"일찍 일찍 다녀라. 어린놈이 건방지게 선배보다 늦게 오면 돼? 자식이, 겁대가리 없어……."

최강철이 중앙으로 나오자 김기방이 이를 드러냈다.

불쾌한 기색이 역력하다. 하지만 그 불쾌함은 기를 꺾어놓기 위해 고의적으로 보여준 압박임이 분명했다.

눈을 마주치지 않았다. 복싱은 주먹으로 증명하는 것이지 말이나 눈싸움으로 하는 것이 아니다.

간단한 주의 사항을 심판에게 듣고 코너로 돌아오자 윤 관장은 이미 붉게 달아오른 얼굴로 마지막 작전 지시를 내렸다.

"강철아, 저놈은 무조건 인파이팅을 펼칠 거다. 거리를 스텝으로 확보하고 기회를 노린 후 공격해. 무슨 소린지 알지?"

"그럼요. 알죠."

윤 관장의 말을 들은 후 그에게 하얀 미소를 지어주었다.

승리를 바라는 그가 처방할 수 있는 최선의 작전이었겠지만 이번에도 최강철은 그의 작전대로 움직일 생각이 없었다.

띠잉!

공이 울리자 김기방이 곧장 중앙으로 걸어오더니 최강철이 인사하기 위해 내밀었던 주먹을 거칠게 밀쳤다.

그런 후 경기 시작 신호와 함께 무차별적으로 밀고 들어오기 시작했다.

스트레이트와 양 훅의 연타 능력이 수준급이라더니 과연 고등부에서 상대했던 놈들과는 근본적으로 차이가 났다.

쉬익, 쉐액!

최강철이 늘려놓은 거리를 압축시키며 김기방의 펀치가 소나기처럼 쏟아지기 시작했다.

빠르다, 그리고 강력하다.

그의 공격을 효율적으로 차단하기 위해서는 윤 관장의 말대로 스텝을 이용해서 뒤로 빠지거나 사이드로 돌아 나가는 것이 최선의 방법이었다.

하지만 최강철은 발바닥을 캔버스에 붙인 채 김기방의 공격을 더킹과 위빙으로 흘려보냈다.

적의 전초 공격인 잽은 스토핑과 패닝으로 막았고 주 공격인 스트레이트는 몸을 흔드는 스웨잉과 더킹으로 차단했다.

링 중앙에서 황소처럼 붙은 두 사람의 대결에 관중들이 서서히 흥분하기 시작했다.

아마추어 복싱은 빠른 발을 이용해서 공방전을 주고받는 것이 일반적인데, 두 사람의 접전은 프로 복싱의 강력한 인파이터들이 한 치도 물러서지 않고 싸우는 것과 비슷했다.

차이가 있다면 한 사람은 끝없이 공격했고 다른 하나는 그 공격을 효율적으로 차단하며 방어에 치중하고 있다는 것뿐이었다.

김기방의 얼굴이 점점 붉어져 갔다.

1라운드 시작과 함께 3분 동안 내리 공격했지만 거의 성공하지 못했기 때문에 그의 얼굴은 분노와 흥분으로 붉게 물들었고 숨소리는 거칠어져 있었다.

"씨발 놈아, 복싱이 춤이냐. 좆같은 놈이 피하고만 있어. 똑바로 해, 이 새끼야."

1라운드가 끝나자 스쳐 지나가며 김기방이 악을 썼다.

참을 수 없을 만큼 열이 받았기 때문인지 그의 고함 소리는 심판이 들을 정도였다.

웃었다.

그래, 그럴 수도 있다. 자신보다 새까맣게 어린놈한테 놀림을 당했다는 생각이 들 만큼 헛수고를 했으니 화가 날 만했다.

그러나 김기방은 그래서는 안 됐다.

복서는 어떤 순간에도 냉정함을 잃지 말아야 한다. 치명적인 독을 숨긴 채 상대방의 명줄을 단박에 끊어버릴 순간을 기다리지 못하면 영원히 패자로 기록될 뿐이다.

2라운드에서도 김기방은 속사포 같은 연타를 날리며 공격해 왔다.

여전히 1라운드와 같은 방식이었는데 단숨에 끝내 버리겠다는 듯이 폭발적으로 파고들었다.

최강철의 방식도 똑같았다. 다른 점이 있다면 적의 공격을 피하면서 펀치를 날리기 시작했다는 것이었다.

링 중앙에서 맞붙은 두 사람에게서 불꽃이 튀었지만 시간이 지날수록 대미지를 받고 있는 건 김기방이었다.

최강철은 그의 펀치를 피하면서 간헐적으로 반격을 가했다. 그때마다 김기방의 안면이 덜컥거리며 흔들렸다.

신장과 리치가 좋은 선수들은 아웃복싱을 주 무기로 하는 것이 일반적이다. 그러나 최강철은 체구가 좋은 김기방을 상대하면서 한 치도 물러서지 않았다.

거리가 좁혀진 상태였기 때문에 스트레이트는 무력화되었

고 미사일 포 같은 양 훅도 소용이 없었다.

그럼에도 최강철의 쇼트와 어퍼컷, 그리고 보디 공격이 예리한 각도로 그으며 터질 때마다 김기방의 얼굴이 일그러졌다.

얼마나 시간이 지났을까, 미친 황소처럼 끝없이 공격하던 김기방이 어퍼컷을 안면에 맞은 후 비틀거리며 뒷걸음치기 시작했다.

더 이상 견디기 어려울 정도의 대미지를 받았음이 분명했다.

역시 김기방은 인성과 실력 면에서 국가 대표가 될 자격이 부족한 놈이다.

저런 실력과 독심으로 대한민국을 상징하는 국가 대표가 되겠다고 나섰다니 정말 한심하다는 생각이 들었다.

최강철은 물러서는 김기방을 향해 성큼성큼 다가가 거리를 좁힌 후, 자신의 주 무기인 라이트스트레이트와 양 훅을 폭발시켰다.

이미 대미지를 받아 정신이 반쯤 날아간 김기방이 번개처럼 날아온 펀치를 피한다는 건 불가능에 가까운 일이었다.

"휴우, 상대가 안 되는구만. 김기방이 저 정도밖에 안 됐나?"

"김기방이 약한 게 아니라 최강철이 강한 겁니다. 더군다나 저놈은 역전술에 말려들어 제대로 실력을 발휘하지 못했어요. 아웃복싱을 생각하고 나왔다가 최강철의 인파이팅에 완전히 병신이 된 거죠.”

“그렇군. 맞아, 그것도 원인이겠다. 그래도 근접전을 펼치며 그 많은 펀치를 거의 안 맞았잖아. 정말 대단해.”

“방어 기술도 좋지만 저 신장과 리치를 가지고 쇼트 치는 거 보십시오. 결국 김기방이 진 건 근접전 능력에서 밀렸기 때문입니다.”

“저놈은 갈수록 진화되는 것 같단 말이지. 그것참 갈수록 태산일세.”

유광호가 어이없다는 표정을 지으며 중얼거리자 정기수의 얼굴에서 웃음이 흘렀다.

그의 말은 앞뒤가 맞지 않았다.

“갈수록 태산이라뇨. 그 말은 최강철이 잘하는 게 기분 나쁘다는 표현입니다.”

“에이, 이 사람아. 말이 그렇다는 거지. 내가 웰터급에서 히로키를 이길 놈이 나오길 학수고대하는 중이란 거 잘 알잖아.”

“사무장님은 히로키를 이기는 게 소원이세요?”

“나는 다른 거 다 상관없어. 내년에 벌어지는 아시안게임에서 누군가 그놈만 꺾어주면 춤이라도 덩실덩실 출 거야.”

"왜 아시안게임만 신경 쓰세요. 4달 후에 세계 선수권대회가 열립니다. 거기엔 세계적인 선수들이 전부 출전한단 말입니다."

"그거야 워낙 차이가 나니까 그렇지. 웰터급에서 어떻게 쿠바나 미국 놈들을 이겨. 예선 탈락만 안 해도 다행이겠다."

"하하하… 그렇긴 하죠."

"그나저나 최강철 다음 상대가 정국영이지?"

"맞습니다. 강북 4웅 중의 하나인 정국영이죠."

"재밌겠군."

"재밌을 겁니다. 제가 봤을 때 정국영이도 한 단계 진화되었어요. 1차전에서 하는 걸 보니까 이젠 시합을 읽는 눈이 떠진 것 같아요."

"최강철이 이길 수 있을까?"

"그건 봐야죠. 정국영 쪽도 시합하는 걸 봤을 테니 김기방이 당한 것처럼 쉽게 끌고 나가지는 않을 겁니다."

시합을 끝낸 후 윤 관장에게 모진 잔소리를 들었다.

선수가 작전도 따르지 않는데 내가 여기에 왜 있느냐면서 화를 버럭버럭 내는 통에 그를 달래느라 최강철은 한참 동안 고생을 해야 했다.

윤 관장은 입술을 주욱 내밀고 계속 신경질을 부리다가 시합 시간이 다가오자 언제 그랬냐는 듯 다시 작전 명령을 내리기 시작했다.

이번 정국영과의 시합에서 그가 짜놓은 전술은 오히려 인파이팅이었다.

정국영은 스피드가 뛰어나 외곽으로 돌면서 적을 차근차근 요리하는 스타일이었기 때문이다.

"이번에도 내 말대로 하지 않으면 정말 죽여 버린다. 강철아, 이 자식아. 너 혹시 관장 말이 우습니?"

"그럴 리가요."

"그럼 내 말 꼭 잊지 마. 접근전이야, 알았어?"

"예."

"놈은 포인트 위주로 시합하면서 방어 전술을 쓴단 말이다. 그러니까 과감하게 몰아붙여야 해."

"알았어요. 죽여놓을게요."

"어이구, 대답은 붕어처럼 뻐끔뻐끔 잘해요."

"관장님, 우리 나오라는데요."

"나도 들었거든!"

투닥거리는 두 사람을 보면서 이성일이 비실비실 웃었다.

그의 역할은 라운드가 끝났을 때 수건으로 땀을 닦아주는 게 주 임무였다.

복싱에 대한 지식이 얕으니 함부로 떠들 용기도 없었다.

하지만 이럴 때면 반드시 한마디 보탰다.

"관장님, 글러브 드릴까요? 저놈 말도 안 듣는데 이 참에 링에 올라서 왕년의 그 화려했던 스트레이트 한번 보여주시죠."

링에서 마주 선 정국영의 눈은 차분하게 가라앉아 있었다.

아마추어 전적 78승 9패.

국가 대표에 뽑히지 못하면 곧바로 프로에 데뷔한다는 소문이 돌 정도로 그는 이번 시합에 모든 것을 걸었다고 들었다.

그럼에도 겉으로 보기에는 더없이 침착했다.

강북 4웅에 포함된다고 하더니 김기방에 비해 숨겨진 포스가 더욱 진했다.

그러나 침착한 것은 최강철도 마찬가지였다.

몸은 18살이지만 인생을 산 것은 그보다 훨씬 길고 질겼으니 이 순간 그의 정신은 더없이 차분하게 가라앉아 있었다.

공이 울리자 예상했던 것처럼 정국영은 외곽으로 돌면서 레프트 잽을 날려왔다.

빠르다. 그리고 정확하다.

그의 잽은 스토핑으로 최강철의 왼손을 견제하다가 불시에 날아왔는데 조금이라도 균형이 무너졌다고 생각하면 곧바로 라이트스트레이트가 불을 뿜어냈다.

치고 빠지는 작전.

정국영의 코치진은 최강철의 펀치력을 무력화시키기 위해 빠른 발을 이용하는 작전을 수립한 게 분명했다.

계속해서 펀치를 날린 후 외곽으로 돌아나가는 정국영의 움직임을 면밀하게 관찰하며 시간을 보냈다.

그의 스피드를 측정했고 펀치의 패턴을 분석하며 고질적인 습관들을 찾아냈다.

그런 후 중반이 지난 후부터 공격을 시작했다.

나름대로 이전 경기를 보면서 전략을 수립했겠지만 그들은 최강철의 스피드가 정국영보다 훨씬 빠르다는 것을 상상하지 못했을 것이다.

천천히 야금야금 접근하며 펀치를 흘려내던 최강철이 폭발적인 스텝을 밟으며 정국영을 추격했다.

놀란 정국영이 급히 뒤로 물러섰으나 최강철의 스텝을 뿌리치지는 못했다.

한번 시작된 공격은 무섭도록 정확하고 예리했다.

레프트 잽에 이은 라이트스트레이트 더블. 그리고 공간을 날아든 양 훅이 정국영의 안면에 그대로 작렬했다.

그동안 그의 스텝을 면밀하게 관찰해서 퇴로를 가로막아 버렸으니 도망갈 곳도 없다.

무수히 터지는 펀치들.

공격을 시작한 최강철의 펀치는 가드를 뚫고 송곳처럼 파고
들어 정국영을 서서히 그로기 상태로 몰아넣었다.

　코너에 몰린 건 지옥에 들어선 거나 다름이 없었다.

　전광석화와 같은 좌우 옆구리 공격에 이은 라이트 어퍼컷
이 복부 공격에 충격을 받고 가드가 떨어진 정국영의 턱을 박
살 냈기 때문이다.

제7장
창공을 향해

두 사람의 공방전을 긴장 속에 지켜보던 200여 명의 관중들은 정국영이 강력한 어퍼컷을 맞고 고목나무처럼 쓰러지자 동시에 자리에서 벌떡 일어났다.

"와아… 와아!"

200명이 내지른 소리는 만 명이 내지른 것처럼 폭발력이 있었다.

그만큼 최강철의 경기가 그들을 흥분 속으로 몰아넣었기 때문이다.

벌써 이번 경기까지 17연속 KO승.

이전 대회까지는 수준이 떨어지는 경기라고 폄하할 수 있었으나 전국에서 가장 강하다는 선수들만 출전하는 국가 대표 선발전에서 강북 4웅의 한 명인 정국영까지 캔버스에 쓰러뜨리자 관중들은 최강철을 연호하며 흥분을 감추지 못했다.

"환장하겠군. 저놈 저거 끝내주는구먼."

"어때, 내 말이 맞지?"

"인정한다. 정말 오랜만에 만난 물건이야."

스포츠서울의 김도환이 자랑스러운 얼굴로 바라보자 조선일보 복싱 담당 기자인 곽종수가 고개를 끄덕였다.

최강철에 대해 들은 적은 있었다.

그럼에도 지금까지 관심을 가지지 않았던 것은 그의 경력이 너무 일천했기 때문이다.

지금은 프로 복싱의 전성기라 아마추어 국가 대표보다 한국 챔피언의 위상이 훨씬 컸고, 동양 타이틀전과 세계 타이틀전이 줄지어 예정되어 있어 기삿거리가 산더미처럼 쌓여 있는 상태였다.

자신은 복싱 전문 기자였으니 국가 대표 최종 선발전이 치러지는 이곳에 당연히 와야 한다.

하지만 그의 관심은 온통 이틀 후에 벌어지는 신종섭의 동양 타이틀전에 가 있는 상태라 마음이 붕 떠 있어 선발전을 보면서도 정신은 콩밭에 가 있었다.

그런 와중에 김도환이 오래전부터 떠들던 최강철의 시합을 두 눈으로 직접 확인하게 되자 저절로 입이 떡 벌어졌다.

김도환이 거품을 물면서 칭찬했을 때 속으로 웃었다.

수준이 떨어지는 고등부 경기에서 연속 KO승을 거둔 걸 가지고 복싱 전문 기자라는 놈이 설레발치는 모습이 꼭 아이 같았다.

현재 전 국민을 열광시키는 프로 복싱에는 KO 행진을 이어 나가는 놈들이 부지기수였으니 아마추어 선수에게 침을 튀기는 김도환의 행동이 이해되지 않았다.

그런 생각이 허공으로 사라진 건 김기방과의 시합이 끝난 후 부터였다.

비록 기자였지만 오랫동안 복싱을 지켜본 경험으로 웬만한 전문가 뺨치는 식견과 지식을 가지고 있었기에 최강철이 보여 준 인파이팅의 의미가 얼마나 대단한 건지 한눈에 알아볼 수 있었다.

그러나 그가 진정으로 감탄한 것은 강북 4웅에 포함된 정국영을 단숨에 때려잡은 스피드와 연타 능력을 확인했기 때문이다.

정국영의 스피드는 웰터급에서 최정상급에 속했으나 마지막에 보여준 최강철의 벼락같은 움직임은 그보다 두 배는 더 빨라 보였다.

그런 스피드를 펼치며 터뜨린 펀치는 또 어떠한가.

복싱의 생명은 균형이다. 다리가 고정된 상태에서 펀치를 날려야만 상대에게 강력한 타격을 줄 수 있다는 뜻이다.

그것은 빠른 스텝을 펼칠 때 완벽한 균형을 잡지 못하면 강력한 타격이 불가능에 가깝다는 것을 의미하는 것이다.

그러나 최강철은 그렇게 빠른 이동 중에도 스톱 모션을 걸어 펀치를 쏟아부어 정국영을 기어코 캔버스에서 일어나지 못하게 만들었다.

이런 수준의 공격은 산전, 수전, 공중전까지 겪은 동양 챔피언급이나 가능했다.

"곽 기자, 저놈이 국가 대표가 되어 활동하다가 졸업하고 프로로 데뷔하면 어떨 것 같냐?"

"잘 알잖아. 거의 대부분 아마추어 국가 대표 출신들이 막상 프로에 들어와서는 개박살이 났다는 거. 하지만 저놈은 통할 것 같다. 저런 스피드와 터프함, 그리고 펀치력이라면 지금도 웬만한 놈들은 찜 쪄 먹을 수 있을 거야."

"그렇지?"

"그런데 그건 왜 물어?"

"재밌잖아. 아무리 생각해도 그림이 너무 좋단 말이지. 어때 우리 쟤 한번 확실하게 띄워볼래?"

"우리 둘이? 여기 온 기자들만 해도 20명이 넘어. 쟤가 금고

속에 들어 있는 골드바도 아닌데 독식이 가능하겠어?"

"당연히 쓰겠지. 하지만 내가 예전에 했던 것처럼 단신으로 그칠 거야."

"음······."

"잿밥에 파리 떼가 꼬이면 먹기도 전에 상하는 법이야. 금방 잡은 물고기는 즉시 회를 쳐서 먹어야 입맛이 돌잖아. 그러니까 이번 기회에 우리 포식 한번 하자고."

"하아, 데스크에서 허락해 줄지 모르겠네."

"그건 네가 알아서 해. 난 무조건 할 거니까. 저놈이 장래에 세계 챔피언이 된다면 1면에 대문짝만하게 올려놓은 기사가 나의 탁월한 식견을 증명해 줄 거다. 어때, 생각만 해도 즐겁지 않아?"

"꿈이 크구만."

"촉도 상당히 좋은 편이지."

"무슨 소린지 알겠다. 하지만 그러기 위해서는 저놈이 우승을 해서 국가 대표 타이틀을 달아야 해."

"그거야 당연한 말씀. 저놈이 깨지면 촉이고 나발이고 다 개소리 아니겠어?"

*　　　　*　　　　*

윤 관장은 자신의 작전대로 최강철이 근접전을 펼친 끝에 또다시 KO승을 거두자 링 위로 뛰어 올라가 사정없이 만세를 불렀다.

그것은 이성일도 마찬가지였다.

이겨주기를 간절히 원하고 있었지만 정말로 사고를 칠 줄은 꿈에도 생각하지 못했는데 최강철은 국가 대표 경력까지 있는 정국영을 1라운드 만에 박살 내고 말았다.

"강철아, 이 자식아. 최고다, 최고야!"

윤 관장과 이성일이 몸을 흔들어대는 통해 심판이 겨우 뜯어말린 후 최강철의 승리를 선언할 수 있었다.

전부 일어서 있던 관중들이 뜨거운 박수를 치면서 격려를 아끼지 않았던 것은 의외의 결과를 만들어낸 최강철의 매력이 그만큼 컸기 때문이다.

한 뭉치가 되어 링을 빠져나온 일행은 즉시 라커로 향한 후 최강철의 주먹에서 붕대를 풀어주며 연신 웃음을 터뜨렸다.

이제 두 경기만 더 이기면 꿈에 그리던 국가 대표가 된다.

더군다나 준결승 상대는 럭키 펀치로 강북 4웅 중 한 명인 유태호를 때려잡은 대구 팔공체육관 소속 김만덕이었다.

김만덕은 8강전에서 일방적으로 밀리다가 막판에 휘두른 펀치가 유태호의 복부에 꽂히면서 KO승을 따냈기 때문에 충분히 할 만한 상대였다.

"강철아, 오늘은 내가 큰맘 먹고 좋은 데 가서 소고기 사줄게. 밥 먹고 가자."

"관장님, 전 오늘 일찍 가봐야 해요."

"왜?"

"큰형 부부가 온다고 했어요. 조카들도 같이 온다는데 일찍 가봐야죠. 같이 저녁 식사 하기로 했거든요."

"그럼 할 수 없지. 하지만 내일 중요한 시합 있으니까 절대 이상한 짓 하지 마. 알았어?"

"이상한 짓이 뭔데요?"

"그걸 꼭 말로 해야 돼? 쓸데없는 데 힘 빼지 말란 말이야."

"걱정도 팔자십니다."

무슨 뜻인지 알자 어이가 없어 하품이 나왔다.

윤 관장의 눈은 자신의 중요 부위를 바라보고 있었는데 혹시 자위라도 할까 봐 걱정하는 눈치였다.

최강철이 짐을 챙긴 후 뒤도 돌아보지 않고 서둘러 장충체육관을 빠져나왔다.

그런 후 이성일과 함께 버스를 타고 집으로 돌아왔다.

두 번의 시합을 했지만 얼굴에는 상처 하나 없었다. 그가 집으로 들어서자 부엌에 있던 어머니가 버선발로 뛰어나왔다.

"어이구, 강철아. 어디 다친 데는 없는 겨?"

"예, 괜찮아요."

어머니는 시합의 결과보다 아들의 몸을 이리저리 살피며 혹시 어디라도 다쳤을까 봐 불안한 얼굴을 숨기지 못했다.

어머니는 시합이 있을 때마다 복싱을 하는 아들이 다치지 않게 해달라고 뒷마당에 물을 올려놓고 고사를 지내셨다.

최강철이 들어오는 소리가 들리자 조카가 뛰어나왔고 큰형 내외가 안방 문을 열고 나왔다.

"이겼냐?"

"예."

"그럼 국가 대표 된 거야?"

"아뇨, 내일 경기를 더 해야 돼요."

"그렇구나. 들어가자."

무뚝뚝한 큰형이 고개를 끄덕이며 먼저 몸을 돌렸다.

큰형과의 나이는 무려 17살이나 차이가 났는데 아들만 둘을 뒀다.

최강철은 자신을 잘 따르는 큰조카를 번쩍 들어 입맞춤을 해준 후 천천히 안방으로 들어갔다.

둘째 조카가 보이지 않는 걸 보니 여전히 병원에 있는 모양이다.

큰형 내외의 얼굴색이 좋지 않은 걸 보는 순간 직감할 수 있었다. 오늘 불현듯 집에 찾아온 이유가 둘째 조카의 병원비 때문이란 것을.

저녁 시간에 맞춰 들어오신 아버지는 최강철이 준결승에 올라갔다는 말을 듣고 너털웃음을 지으며 기뻐하셨다.

"강철아, 수고했어. 우리 아들 정말 자랑스럽다."

"아니에요. 전부 아버지 덕분입니다."

"그런 소리 하덜 말어. 아들 시합하는 데 가보지도 못하고 미안하구먼. 허어… 먹구사는 게 뭔지……. 내일은 내가 무슨 수를 쓰든 가볼라니까 잘 싸워야 한다."

저녁을 먹으며 한동안 최강철에 관한 이야기로 가족들이 웃음꽃을 피웠다.

하지만 그 웃음꽃은 그리 오래 가지 못했다.

상을 물리자 큰형의 굳게 다물어져 있던 입에서 기어코 둘째 조카의 병원비 이야기가 흘러나왔기 때문이다.

슬그머니 자리에서 일어나 자신의 방으로 들어가 방구들에 등을 댔다.

전생에서 큰형과 둘째 형을 얼마나 원망했는지 모른다.

형들은 가족들을 건사하기 위해 고생하신 아버지에게 수시로 돈을 뜯어갔고, 결국 허름한 이 집을 차지하기 위해 대판 싸운 후 가족들과 절연을 선택했다.

형들이 떠난 후 부모님과 집안일에 대한 책임은 오롯이 그에게 넘어왔다.

힘들고 괴로웠다.

그 역시 물려받은 것도 없는 상태에서 부모님을 부양하고 집안의 대소사를 챙긴다는 건 결코 쉬운 일이 아니었다.

그럼에도 지금 눈을 감고 과거를 회상하자 슬픈 웃음이 배어 나왔다.

자신에게는 형들을 미워할 자격이 없다.

그 역시 아버지의 고통스러웠던 마지막 삶을 제대로 챙기지 못했고, 눈물을 흘리시며 버리지 말아달라고 부탁했던 어머니를 요양원에 짐짝처럼 버려 버린 불효자였으니 말이다.

*   *   *

최우용은 아침 일찍 회사에 나와 차를 정비하다가 잠시 멈춰 서서 가슴을 쓸어내렸다.

가슴이 묵직하고 뒷목이 자꾸 당기는 게 몸 상태가 좋지 못했다.

그는 트럭 운전을 한다.

지금은 국도유지사무소라 불리는 토목광구에서 계약직 임시 공무원으로 일하고 있었는데 한 달 월급이 23만 원이었다.

그 돈으로 6남매를 건사하며 아끼고 아껴 지금의 푸른 대문 집을 샀다.

집사람이 아니었으면 꿈도 꾸지 못할 일이었다.

아내는 그 작은 월급을 쪼개고 쪼개 오랫동안 곗돈을 넣었는데 어느 날 깜짝 놀랄 만한 돈을 내밀며 우리도 집을 살 수 있다는 희망을 심어주었다.

손자의 병원비가 부족하다는 큰아들의 말을 들으며 두 눈을 감은 채 아무 말도 하지 못했다.

가진 돈이 없으니 해주고 싶어도 해줄 수가 없는 상황이었다. 하지만 결국 자신은 빚을 얻어 손자의 병원비를 댈 것이다.

딸들은 결혼을 한 큰아들이 돈을 달랄 때마다 우리 사는 거 안 보이냐며 덤벼들었으나 그는 그때마다 딸들을 혼내서 방으로 돌려보냈다.

딸들은 모른다.

큰아들이 얼마나 고생하면서 컸는지를.

돈이 없어 학교조차 보내지 못했고 줄줄이 달린 동생들에게 먹을 것을 모두 양보한 채 배를 곯으며 담벼락에 쭈그려 앉아 울고 있던 모습이 아직도 잊히지 않는다.

결국 아들은 19살이란 어린 나이에 한 입이라도 줄이겠다는 생각을 하며 자진 입대 했고, 제대 후에는 막노동을 해서 번 돈으로 자신을 도왔다.

결혼할 때 해준 게 아무것도 없었지만 아무런 불평조차 하지 않던 아들은 손자들을 낳게 되자 사는 게 힘들었던지 수시로 도움을 청해왔다.

해줄 수 있는 한도 내에서 최대한 도와주려 노력했으나 서서히 한계가 느껴졌다.

차를 모두 정비하고 사무실로 들어가 어제 반장에게 미리 말한 대로 반차를 내기 위해 서류를 작성했다.

오늘은 막내아들이 국가 대표가 되기 위해 싸우는 마지막 날이기 때문에 어떤 일이 있어도 가볼 생각이었다.

자식들이 성장할 때마다 기뻤지만 요즘처럼 사는 게 행복한 건 처음이었다.

아침에 눈을 뜨면 막내아들이 무사히 일어났는지 확인하는 게 이젠 버릇이 되었다.

자랑스러운 아들.

자식을 대학에 보내야겠다는 마음을 가진 적이 한 번도 없었으나 최강철이 공부하는 모습을 보면서 조금씩 돈을 모으고 있었다.

전교 수석을 하는 아들만큼은 대학에 보내고 싶었다.

큰아들 줄 돈을 마련하기 위해 빚을 얻는 한이 있더라도 그 돈만은 반드시 지킬 생각이었다.

아들은 공부뿐만 아니라 복싱에 소질이 있어 각종 대회에서 우승하더니 결국 국가 대표라는 커다란 영광을 얻기 위해 싸우고 있었다.

"최 주임, 이게 뭐요?"

반장에게 제출하기 위해 작성한 서류를 집어 든 김근조가 인상을 찡그리며 신경질이 가득 찬 음성으로 물어 왔다.

그는 운전기사들을 총괄하고 있는 공무원으로 계약직 직원들에게는 저승사자와 같은 존재였다.

새파랗게 젊은 나이. 이제 겨우 38살이라고 했느니 큰아들과 비슷한 나이였다.

그럼에도 그는 김근조를 볼 때마다 고개를 조아린 채 제대로 고개조차 들지 못했다.

반장이 보고한다고 했는데 아직 못 했나?

"오늘 아들 시합이 있어서 반차를 내려고요."

"무슨 시합?"

알면서도 묻는 거다.

그는 운전기사들 집안 내력과 행사에 대해서 구석구석 알고 있는 사람이기에 최강철이 국가 대표 선발전에 나갔다는 것도 다른 사람을 통해 알고 있었다.

그랬기에 최우용은 새파란 눈으로 노려보는 그의 얼굴을 제대로 바라보지 못했다.

저승사자는 지금 화를 내고 있는 중이었다.

"당신, 지금 정신이 있는 거야, 없는 거야? 오늘부터 우기 대비해서 집중 작업 한다고 했던 거 기억하지 못하는 거요? 지금 잘리고 싶어서 나한테 시위하는 거야?"

"아이고, 그럴 리가 있나요."

"아직 고등학생이라며? 새파랗게 어린놈이 재수가 좋아서 나간 거지, 국가 대표가 무슨 동네 반장도 아니고 아무나 하는 건 줄 알아? 쓸데없는 데 신경 쓰지 말고 일이나 해요. 괜히 그 핑계 대고 바쁜데 놀 생각이나 하면 다음 계약에서 정말 잘라 버릴 거야. 사람이 분수를 알아야지, 분수를!"

찬바람을 내며 돌아서는 김근조의 모습을 바라보며 최우용이 무겁고도 긴 한숨을 흘려냈다.

그러고는 돌아서서 깨끗하게 정비된 자신의 차로 천천히 걸어갔다.

다리가 너무나 무거웠고 발걸음을 뗄 때마다 가슴이 찢어지도록 아파오더니 슬그머니 눈물이 주르륵 새어 나오기 시작했다.

가야 하는데, 가야 하는데… 우리 아들이 기다릴 텐데…….

장충체육관에 도착한 최강철은 스탠드 한쪽에 자리 잡은 채 현수막을 들고 있는 관원들을 바라보며 슬그머니 미소를 지었다.

국가 대표 선발전에 출전해서 준결승까지 오르자 윤 관장이 관원들을 동원한 것이 틀림없었다.

아마, 그랬겠지. 상대 체육관에서는 전세 버스까지 빌려서 응원을 오는데 우리가 가만있는 건 쪽팔리는 짓 아니냐며 코치와 관원들을 닦달했을 것이다.

누구보다 최강철이 국가 대표가 되기를 원하는 건 바로 그였으니까.

오늘은 준결승에 이어 결승전까지 한꺼번에 치러지기 때문에 체육관 안에는 각종 현수막과 응원 문구가 적힌 피켓들이 여기저기 넘실거렸다.

현수막이 촌스럽다. 부랴부랴 만들었기 때문인지 다른 체육관에서 만들어 온 것들에 비해 형편없는 수준이었다.

관중들의 숫자는 거의 500명에 육박하고 있었다.

기자들로 보이는 사람들이 링 사이드에 진을 친 채 사진을 찍었고, 선수들을 응원하러 온 사람들은 스탠드에서 끼리끼리 모여 시합이 시작되기를 기다리는 중이었다.

아마추어 경기는 3분 3라운드로 치러진다.

그 말은 불과 10분 만에 경기 결과가 가려진다는 뜻이고 최강철의 순서도 금방 다가온다는 것을 의미했다.

시간은 빨리 지나갔다.

라커룸에서 옷을 갈아입고 몸을 푸는 동안, 시합이 펼쳐지는 체육관에서는 연신 사람들의 고함 소리가 들려왔다.

자신들이 응원하는 선수가 나라의 명예를 위해 싸우는 국가 대표가 되기를 간절히 바라는 염원들이었다.

몸에서 천천히 땀이 배어 나오기 시작했다. 시합을 기다리는 동안 섀도복싱과 가벼운 미트질로 근육을 이완시키며 뭉친 몸을 풀었다.

먼 곳에서 곧 웰터급 경기가 시작된다는 안내 방송이 나오는 게 들릴 때 배어 나온 땀을 닦은 최강철이 불쑥 입을 열었다.

"관장님, 이제 가시죠?"

"어딜?"

"곧 마현석이 시합합니다. 가서 봐야죠."

현 웰터급 국가 대표인 마현석의 시합은 그보다 먼저 치러진다.

최강철이 자신의 차례가 아님에도 몸을 일으킨 건 마현석과 정동철의 시합이 그만큼 궁금했기 때문이다.

현 국가 대표 마현석과 전 국가 대표인 정동철의 대결.

두 사람은 강북 4웅으로 불리며 거의 5년 가까이 라이벌을 형성한 채 치열한 공방전을 펼쳐온 사람들이었다.

"시합을 앞둔 놈이 어딜 간다고 그래. 지금 그놈들 시합이 문제가 아니다. 김만덕을 먼저 이겨야 한다고."

"이길 테니까 걱정하지 마세요."

"이놈아, 그놈이 유태호를 꺾은 게 전부 운 때문이라고 생각해? 세상에 운으로 이기는 복싱은 없다. 김만덕은 하드 펀처야. 잘못 맞으면 너도 유태호 꼴이 날 수 있단 뜻이다. 그래서……."

"관장님, 저는 마현석의 시합을 보고 싶습니다. 지금이 아니면 더 이상 기회가 없잖아요. 김만덕을 무시해서 그러는 거 아닙니다."

"그럼 뭐냐, 이놈아!"

"성호체육관에 국가 대표 탄생이라는 현수막 붙이고 싶지 않으세요?"

"힘, 힘… 그거야 뭐……."

"그러니까 가자고요. 둘의 경기를 보면서 장단점을 분석해야 이기든지 말든지 할 것 아닙니까."

코앞에 시합을 앞둔 선수에게는 말도 안 되는 짓이지만 결국 윤 관장은 입맛을 다시며 최강철과 함께 링이 한눈에 보이는 스탠드로 이동했다.

변두리 체육관이었으니 경쟁 선수들에 대한 자료가 부족했다.

커다란 명문 체육관들은 주요 선수들의 경기 모습을 비디오로 찍어서 면밀히 분석한다고 했는데 윤 관장의 살림 형편으로는 꿈도 꾸지 못할 일이었다.

예선전의 경기 모습들을 보면서 어느 정도 전략을 마련했지만 최강철에게는 두 사람의 경기 장면을 직접 보는 것처럼 효과적인 것도 없을 것이다.

스탠드에서 선수들이 출전하기를 기다리는 동안 최강철이 목을 길게 뺀 채 링 사이드는 물론이고 스탠드까지 훑는 게 보였다.

누군가를 찾는 사람의 행동이었다.

"강철아, 누구 찾냐. 여자 친구 오기로 했어?"

"저한테 여자 친구가 어디 있어요?"

"그럼 누굴 찾는데."

"아니에요. 사람들이 많아서 그냥 본 겁니다."

오시지 않았다.

체육관에 도착한 후 줄곧 오시기를 기다렸으나 시합 시간이 다 될 때까지 허름한 잠바를 입고 나타나셔야 할 아버지의 모습이 보이지 않았다.

몸을 풀면서 온통 아버지 생각뿐이었다.

복싱을 시작한 후 지금까지 가족들은 한 번도 응원을 오지 못했다.

일에 짓눌려 하루하루를 살아가는 아버지, 차멀미가 심해서 언제나 걸어 다니시는 어머니는 물론이고 매일 야근에 시달리는 둘째 누나와 이제 막 공장에 취직한 막내 누나도 경기장에 올 수 없었다.

서운한 마음은 없었다.

매일같이 힘들고 괴로운 삶을 살아가는 분들이었으니 누굴 탓할 일이 아니었다.

하지만 오늘은 달랐다.

어제 아버지께서 반드시 응원하러 오시겠다는 말씀을 하셨을 때 바쁘신데 뭐 하러 오느냐며 손사래를 쳤으나 마음속에는 고마움과 기대감이 가득 찼다.

최근 들어 아버지의 표정이 점점 밝아지시는 게 느껴졌다.

그것이 자신으로 인한 것이라는 걸 너무나 잘 알기에 아들이 국가 대표에 뽑히는 모습을 반드시 보여 드리고 싶었고, 우승 트로피를 아버지 품에 안겨 드리고 싶었다.

그 영광을, 그 기쁨을 아버지와 함께 나누는 순간을 생각하면 가슴이 마구 떨려온다.

그래, 어쩌면 유치한 생각일지도 모른다.

그러나 아버지가 기뻐하신다하면 나는 더한 짓도 할 수 있다. 아버지가 기뻐하실 수만 있다면…….

마현석과 정동철의 시합은 치열하게 전개되었다.

라이벌답게 일진일퇴의 경기를 펼쳤는데 얼마나 많은 펀치를 주고받았는지 셀 수가 없을 지경이었다.

빠르다, 그리고 펀치 하나하나에 담겨 있는 강도가 위력적으로 느껴졌다.

팽팽하게 진행되던 경기가 마현석에게 기울기 시작한 것은 2라운드 중반에 접어든 후부터였다.

정동철은 체력에서 밀렸다.

더불어 마현석의 송곳 같은 스트레이트가 정동철의 스텝을 차단한 채 터지기 시작하면서 서서히 일방적으로 변하기 시작했다.

모든 사람은 사연이 있고 원하는 바를 이루기 위해 치열한 삶을 살아간다.

최강철이 느끼기에 마현석이 그랬다.

독기. 그래, 독기다.

주요 시합 때마다 히로키에게 패해서 2인자에 머물렀던 그는 온갖 불명예를 떠안은 채 괴로울 세월을 보내왔으니 프로로 전향하기 전 마지막 불꽃을 태우고 싶었을 것이다.

마현석의 온몸에서 풍겨 나오는 독기는 못다 한 꿈을 이루고 싶어 하는 그의 간절한 심장과 어울려 펀치로 표현되고 있었다.

결국 두 사람의 대결은 3라운드 1분여를 남겨놓고 심판이 시합을 중지하면서 끝이 났다.

마현석의 RSC승.

스탠드 한쪽에 몰려 있던 20여 명의 응원단이 마현석의 이름을 연호하는 걸 보며 최강철이 천천히 몸을 일으켰다.

시합이 진행되는 동안 마현석의 움직임을 유심히 관찰하며 특징을 분석했고 그를 잡아낼 대책을 만들었다.

불과 3라운드뿐이었으나 그것으로 충분하다.

준결승.

링에 오를 때까지 아버지의 모습은 여전히 보이지 않았다. 아직까지 오시지 못하는 걸 보니 무슨 사정이 생긴 것 같았다.

아버지의 의지는 아닐 것이다. 당신은 살아오면서 빈말을 하지 않으려고 노력하셨던 분이니 자신의 경기보다 훨씬 더 중요한 일이 생긴 게 분명했다.

상대인 김만덕의 몸은 곰을 연상시킬 정도로 우직했다.

저런 체형을 가진 자는 기술과 스피드가 부족한 대신 윤 관장이 우려한 것처럼 일발 필살의 주먹을 가지고 있는 경우가 많았는데 유태호도 거기에 당한 게 틀림없었다.

"강철아, 한 방. 저 새끼 밀고 들어오면서 한 방을 노릴 거야. 그거만 조심하면 된다."

링 중앙으로 나가는 최강철을 향해 윤 관장이 소리쳤다.

대답을 하는 대신 고개만 끄덕이고 링 중앙으로 나갔다.

다시 인생을 사는 조건으로 루시퍼에게 얻은 강철 같은 심장과 천재적인 머리가 상황을 면밀하게 체크해 나갔다.

그가 링에 오르자 먼저 경기를 마친 마현석이 땀도 닦지 않은 채 코치진과 함께 링 사이드에 진을 치고 있는 것이 보였다.

결승전을 대비해서 사신의 상단점을 분석하려는 것이 분명했다.

김만덕이 지닌 한 방과 마현석에게 분석할 시간을 주지 않기 위해서는 최단 시간 내에 경기를 끝내는 게 유리하다.

부웅.

경기가 시작되자마자 김만덕이 롱 훅을 날려왔다.

강북 4웅에 비해 스킬 면에서 조금 부족했지만 선발전에 출전 자격을 얻을 만큼 기본기가 단단하게 잡혀 있는 펀치였다.

하지만 단박에 승부를 보려는 욕심이 과하다. 그리고 자신의 펀치에 대한 자만감으로 롱 훅 위주의 경기를 하다 보니 빈틈이 너무 많이 노출된다는 단점이 있었다.

최강철은 스텝을 이용해서 계속 피하다가 오른손 롱 훅을 더킹으로 제치며 비어 있는 복부에 강력한 주먹을 꽂아 넣었다.

하관이 뭉툭하고 목이 짧은 선수는 턱이 강해서 웬만한 펀치에는 쉽게 충격을 받지 않기 때문에 처음부터 옆구리를 노리고 있었다.

"허억!"

단 한 방의 복부 공격에 김만덕의 입을 통해 풍선에서 바람 빠지는 소리가 흘러나왔다.

충격을 받았다는 뜻이다.

가드가 내려와 복부를 방어하는 걸 보면서 최강철의 좌우 스트레이트가 번개같이 김만덕의 얼굴을 찍었다.

휘청 물러서는 김만덕.

맹수는 한번 기회가 오면 상대의 목덜미를 반드시 끊어놓는다.

최강철은 물러서는 김만덕의 몸통을 상체로 박아 링에 몰아넣은 후 순식간에 20여 차례의 펀치를 쏟아부었다.

양쪽 옆구리에 열 방, 상체를 붙인 채 숏 훅과 어퍼컷의 연사 공격이 각각 다섯 차례씩이었다.

마지막 펀치는 뒤로 한 발 물러선 상태에서 터진 송곳처럼 날카로운 라이트 스트레이트였다.

김만덕은 순식간에 퍼부어진 예리한 연타 공격에 충격을 받은 채 무방비 상태에서 강력한 스트레이트에 적중되자 고개가 덜컥 뒤로 꺾어졌다.

허물어진다는 표현은 이럴 때 쓴다.

강력한 지진으로 인해 낡은 건물이 하중을 견디지 못하고 쓰러지는 것처럼 그토록 단단하게 보였던 김만덕의 하체가 상체의 균열을 이겨내지 못한 채 처참하게 무너져 내렸다.

불과 경기 시작 1분 만에 벌어진 일이었다.

"와아, 와아!"

관중들의 입에서 폭탄이 터지는 것과 같은 함성이 흘러나왔다.

마현석이 승리할 때보다 훨씬 강하고 커다란 함성이었다.

그런 관중들을 향해 최강철은 두 손을 번쩍 치켜들었다.

이제 하나만 남았다. 나는 반드시 국가 대표가 되어 내 꿈을 펼쳐 나갈 테니 지켜보라.

극동프로모션의 정기수는 준결승을 지켜본 후 마음을 굳게 다잡았다.

결승에서 져도 좋다.

지금까지 보여준 최강철의 파괴력과 관중들의 심장을 들끓게 만들어 버리는 마력만 가지고도 극동으로 영입할 이유가 충분했다.

그동안 꾸준히 지켜봤음에도 적극적으로 달려들지 않은 것은 그가 고등학교 2학년에 불과했기 때문에 프로에 입문하려면 아직도 시간이 충분하다는 판단 때문이었다.

더불어 놈의 가능성이 얼마나 진화되는지 지켜본 후에 영입을 결정할 생각이었다.

하지만 지금은 아니다.

최강철의 준결승 상대인 김만덕은 기량이 조금 부족하나 타고난 맷집과 파워, 그리고 펀치력으로 수많은 대회에서 입상한 경력을 가지고 있었다.

많은 경기에서 그가 불리했던 경기를 뒤집은 건 그의 맷집과 스테미너가 그만큼 뛰어났다는 것을 의미했다.

그런 김만덕을 경기 시작한 지 불과 1분 만에 쓰러뜨렸으니 최강철은 괴물 중의 괴물임이 틀림없다.

현 국가 대표인 마현석이 이번 세계 선수권대회를 끝으로 프로에 입문한다는 결정을 들었기에 접촉하는 중이었다.

마현석은 짐승들이 우글거리는 프로의 세계에서도 충분히 성공할 수 있는 기량과 투지를 가지고 있는 놈이라 극동의 대표인 추연웅은 얼마를 요구하든 극동에 데려오라는 지시를 내렸다.

잘못된 판단이다. 그리고 자신의 예상은 두 사람이 출전한 준결승 경기들을 본 후 확신으로 바뀌었다.

"정 부장, 뭔 생각을 그렇게 골똘히 하는 거야?"

"별일 아닙니다."

"귀신을 속이지그래. 내가 정부장 생각을 모를까 봐?"

"제가 무슨 생각을 했는지 안단 말입니까? 사무장님, 요새 점집 차렸어요?"

"하하하, 이 사람아. 내가 옆에 있는데도 자네가 무슨 짓을 했는지 모르는구먼. 자넨 말이야, 거의 5분 동안 최강철만 지켜보고 있었어. 눈도 한 번 깜박거리지 않고. 탐욕에 가득 찬 눈으로 말이지."

"제가 그렇게 사랑스러워요? 뭘 그런 걸 지켜보고 계셨어요?"

"내 예상이 맞지?"

"아닌데요."

"그럼 대한에 있는 황 부장한테 전화해도 돼? 걔도 지금 유망주를 찾고 있는 것 같던데."

"허어, 이거 왜 이러세요. 쟤는 작년부터 내가 찜해놓은 놈이라고요!"

"솔직히 말해봐. 어쩔 셈이야?"

"우리가 스카우트할 겁니다, 무조건."

"꽤 비쌀 텐데. 아직 어리지만 커리어가 장난이 아니잖아. 더군다나 마현석도 곧 시장에 나온다는데 어쩌려고 그래?"

"우린 최강철을 잡을 겁니다. 대한 측에서 마현석을 원한다면 포기하는 한이 있더라도 말입니다."

정기수가 유광호를 바라보며 파란 눈을 빛냈다.

유광호는 복싱 협회의 사무장을 맡고 있기 때문에 선수 스카우트에 많은 영향을 가진 사람이었다.

그가 샅바를 걸면 스카우트에 제동이 걸릴 수도 있다는 뜻이다.

그러나 정기수가 유광호를 바라보는 눈빛은 자신의 생각을 방해하면 전쟁이라도 할 기세였다.

청룡체육관의 관장 강경돈은 최강철의 경기를 지켜본 후 뒤를 따르는 마현석 모르게 무거운 한숨을 흘려냈다.

정말 어떤 평가를 내려야 할지 갈피를 잡을 수 없었다.

매 경기마다 시합하는 모습이 달랐고 상대를 쓰러뜨리는 방법도 변화무쌍했다.

이제 18살이라도 했던가.

국가 대표 선발전에서까지 3경기 연속으로 KO승을 이끌어냈으니 이제 최강철의 전적은 18연속 KO승이다.

헤드기어를 쓰고 시합하는 아마추어 복싱에서 모든 경기를 KO로 끝냈다는 것은 그의 펀치가 무시무시할 정도로 강하다는 뜻이 된다.

처음 김기방과 시합할 때는 별거 아니라고 생각했다.

작전에서 밀렸고 김기방은 흥분으로 인해 제 실력을 발휘하지 못한 상태에서 체력이 떨어져 스스로 패배의 길로 갔다고 판단했기 때문이다.

그러나 정국영과 방금 끝난 김만덕과의 경기를 지켜본 후에는 자신도 모르게 깊고 깊은 한숨을 흘려낼 수밖에 없었다.

펀치의 파괴력은 물론이고 국가 대표급에 있는 놈들이 그의 방어선을 깨뜨리지 못했다.

그것뿐만이 아니다.

발군의 스피드와 연타 능력은 둘째 치고 경기를 읽는 눈이 탁월했다.

놈은 상대를 무너뜨리는 그 순간까지 철저하게 냉정한 눈으로 상대의 패턴과 약점을 분석한 후 단숨에 목덜미를 물어뜯었다.

놈의 피니쉬 펀치가 작렬하는 순간 자신이 쓰러지는 착각이 들면서 온몸에 소름이 돋아났다.

사실 마현석은 청룡체육관에 소속되어 있는 유망주 중 하나일 뿐이다.

자신이 직접 기른 제자들 중에는 현재 동양 챔피언 두 명과 한국 챔피언 세 명이 있었고, 이번 대회에서 플라이급과 라이트급을 석권한 강재호와 전현수는 올림픽 금메달까지 바라보는 초특급 유망주들이었다.

그런 제자들을 길러낼 만큼 그의 능력은 탁월했으나 최강철은 자신의 범주를 벗어났다는 생각이 자꾸 들었다.

윤성호의 제자라고?

아무리 생각해도 윤성호 정도가 길러낼 수 있는 인재가 아니란 생각이 들었다.

윤성호가 비록 천재 복서라 불릴 정도로 뛰어난 기량을 가지고 있었으나 최강철은 전성기의 윤성호조차 가지고 있지 못했던 무기들을 여러 개 장착했으니 말이다.

감각이 계속해서 비상 사이렌을 울리고 있었다.

이번 경기가 위험하다는 경고는 그의 오랜 경험과 능력으로 제어하기 힘들 만큼 커다란 것이었다.

"현석아, 놈은 지금까지 전부 KO로 경기를 끝냈을 만큼 펀치력이 좋다. 하지만 18번 중 1라운드에 끝낸 게 12번이나 돼. 무슨 뜻인지 알지?"

"후반을 노리란 말인가요?"

"맞아, 놈의 체력은 분명히 너보다 떨어진다. 얼마나 훈련했는지 모르겠지만 우린 무려 3개월 동안 지옥 훈련을 해왔잖냐. 그러니 놈의 약점을 파고들어야 해."

"코치님도 보셨겠지만 놈은 못 치는 게 없어요. 뒤로 밀리기만 하면 오히려 당할 수도 있습니다."

"알아. 누가 밀리래? 효율적으로 치고 빠지잔 말이다. 놈의 공격을 원천적으로 차단하면서 점수를 따면 돼. 고작 18전을 치른 놈이다. 네 경험에 비하면 그야말로 조족지혈이지. 그러니까 충분히 잡을 수 있어."

문기봉 코치가 빤히 쳐다보며 주문을 했으나 마현석의 시선은 문 쪽으로 향해 있었다.

마음에 들지 않는다는 뜻이다.

그의 말대로 이번 대회를 위해 3개월 동안 피나는 훈련을 해왔다.

선발전을 치르면서 상대를 압도할 수 있었던 것은 그런 고통의 결과였고 이를 악문 채 견뎌온 자신의 투지 때문이었다.

그런데 코치는 자신에게 신인을 상대로 점수를 따는 작전을 지시했다.

나는 전사다. 비록 일본의 히로키에게 3번이나 지면서 국민들에게 돌팔매질을 당했지만 다시 한번 붙는다면 이전처럼 절대 그냥 물러서지 않을 자신이 있었다.

"코치님, 싫습니다. 저는 아직 국가 대표입니다. 그런 제가 코흘리개를 상대하면서 꽁무니를 빼기는 싫습니다. 정면 대결하겠습니다. 놈을 확실하게 눌러놓을 테니 저한테 그냥 맡겨주십시오."

"복싱은 감정으로 하는 게 아니라 이성으로 하는 거라고 몇 번이나 말해!"

"압니다. 하지만 투지가 없으면 집니다. 저는 이번 대회를 목표로 한 게 아니라 세계 선수권을 목표로 지금까지 훈련해 왔습니다. 제가 만들어놓은 독기가 흐트러지는 순간 저는 이겨도 이긴 게 아닙니다."

"인마!"

마현석이 뜻을 굽히지 않자 문기봉의 입에서 고함 소리가 터져 나왔다.

선수가 코치의 말을 따르지 않는다는 건 아마추어 복싱 세계에서는 있을 수 없는 일이었다. 특히 청룡체육관의 위계질서는 빡세기로 유명했다.

그때 창밖을 보면 서 있던 관장 강경돈이 담배를 재떨이에 비벼 끄며 나섰다.

"문 코치, 걔 말대로 해. 가오가 있지, 신인한테 꽁무니를 빼면 되겠어? 남자는 쪽팔리면 죽는 거야."

"관장님, 그래도……."

"그놈 경기 보면서 분석한 거나 말해줘. 설마, 현석이가 그놈한테 지겠냐."

최강철은 김만덕을 잡고 링으로 내려오면서 계속 아버지를 찾았다.

관중석에도 없었고 라커룸 쪽을 샅샅이 살폈지만 아버지의 모습은 그 어디에도 보이지 않았다.

한숨이 흘러나온 것은 실망이 아니라 아쉬움 때문이다.

54년의 인생을 살아오면서 아버지에게 한 번도 자랑스러운 모습을 보여주지 못했다는 자괴감은 그 오랜 세월 동안 그를 괴롭혀 왔다.

결국 아버지는 결승전이 시작하는 이 순간까지도 체육관에 오시지 못했다.

"하아……."

긴 한숨을 몰아쉬며 아쉬움을 털어냈다.

그래, 피치 못할 사정이 있었겠지. 아버지 역시 아들이 경기하는 장면을 지켜보고 싶으셨을 테니 그분도 지금쯤 힘든 시간을 보내고 있을 것이다.

대신 학교 측에서 담임선생과 교감 선생이 그를 응원하기 위해 찾아왔다.

그들은 최강철이 결승전에 올랐다는 소식을 들은 후 반드시 국가 대표가 되어 학교의 명예를 세워달라는 부탁을 거듭하며 라커룸에서 물러났다.

윤 관장은 라커룸을 나서서 링에 도착할 때까지 계속해서 똑같은 말을 반복했다.

이미 마현석의 경기를 같이 봤기 때문에 충분히 숙지한 내용이었지만 그는 불안했던지 금방 했던 내용도 고장 난 레코드처럼 반복하기를 거듭했다.

링 사이드에는 수많은 관중이 몰려 있었다.

스탠드에서 삼삼오오 모여 있던 관중들까지 내려온 것 같았는데 링 주변은 빽빽하게 몰려든 사람들로 인해 발 디딜 틈조차 보이지 않았다.

드디어 장내 진행자의 입에서 웰터급 결승이 벌어진다는 멘트가 나오자 관중들의 입에서 동시에 환호성이 터져 나왔다.

최강철이 먼저 링에 올라 주먹을 들어 인사를 하자 수많은 사람이 그의 이름을 연호하기 시작했다.

어이없는 일이다.

아마추어 국가 대표 선발전에 첫 출전 한 선수를 향해 그들이 보여준 열광은 세계 챔피언에 도전하는 무적의 도전자를 맞이하는 것과 비슷했다.

링에서 마주친 마현석의 눈에서 시퍼런 투지가 줄기줄기 뻗어 나왔다.

준결승전에서 보여주었던 바로 그 독기다.

얼마나 많은 고통과 절망이 있었을까. 저런 독기는 끝없는 바닥까지 추락했던 자들이 고난과 역경을 극복하고 다시 일어섰을 때 만들어지는 것이다.

그러나 최강철은 자신을 바라보는 그의 눈을 마주하지 않았다.

자신을 제압하기 위해 그가 던진 투지는 공허한 돌팔매질에 불과하다.

나는… 너보다 훨씬 커다란 외로움과 슬픔 속에서 다시 태어났으니 너의 그 간절한 독기는 나에게 아무런 공포도 주지 못한다.

시합을 울리는 공이 울리자 미친 듯이 환호하는 관중들의 함성이 들려왔다.

천천히 링 중앙으로 다가가 가볍게 주먹을 마주친 후 한 발뒤로 물러섰다가 급격하게 앞으로 전진하며 레프트 잽을 던졌다.

쉬익!

독사의 혀처럼 날카로운 잽이었으나 마현석의 몸이 먼저 반응하며 뒤로 물러섰다.

하지만 그냥 물러선 것이 아니다.

마현석은 얼굴만 슬쩍 뒤로 물렸던 반동을 이용해서 용수철처럼 앞으로 튕겨 나오며 속사포처럼 좌우 스트레이트를 날려왔다.

갸우뚱.

예상과 다른 그의 템포에 정신이 번쩍 들었다.

외곽으로 돌면서 점수 위주의 경기를 펼칠 것으로 예상되던 마현석은 자신의 생각을 비웃기라도 하듯 강력한 공격을 연이어 펼쳤다.

이거, 재밌다. 그리고 즐겁다.

현 국가 대표 마현석. 지금까지 상대했던 누구보다 펀치가 날카로웠고 스피드도 빠르다.

거기에 방어 능력도 훌륭해서 자신의 잽을 스토핑과 패닝으로 반이나 잡아먹었다.

시선이 자신에게서 전혀 떨어지지 않는다.

마현석의 눈은 자신의 눈에 고정된 채 흔들리지 않았는데 모든 동작을 관장하겠다는 의지가 강했다.

복싱의 생명은 눈이다.

상대의 눈에는 모든 것이 담겨 있기에 공격과 방어에 대한 모든 정보를 간파할 수 있다.

거기에 그의 눈은 시퍼렇게 살아서 광선처럼 날아와 자신의 몸을 관통하고 있었다.

그럼에도 최강철은 마현석의 날카로운 공격을 방어 기술로 흘려보내며 천천히 전진했다.

압박.

그때부터 최강철은 작정이라도 한 것처럼 자신이 가지고 있는 공격 기술들을 전부 쏟아붓기 시작했다.

번개 같은 좌우 스트레이트, 따라붙는 복부 공격과 숏 훅.

그리고 원거리에서 터지는 미사일 훅이 마현석의 몸통에 작렬했다.

마현석의 스텝은 훌륭했다.

사이드스텝을 이용한 회피 기술과 더킹, 위빙의 타이밍이 최강철의 펀치에 맞춰 춤추듯 이루어졌다.

피하기만 하는 게 아니라 지속적인 반격이 이루어졌기에 관중들은 경기가 시작된 지 불과 1분 만에 자리에서 벌떡 일어났다.

치열한 공방전.

아마추어 복싱의 진수를 보여주는 두 사람의 공방전은 관중들의 피를 들끓게 만들 만큼 정교한 기술들로 가득 차 있었다.

하지만 진정으로 그들을 흥분하게 만든 건 두 사람이 보여주는 불굴의 투지였다.

절대 물러서지 않겠다는 독기. 그들의 독기가 체육관에 퍼지며 관중들은 흥분이라는 전염병에 걸리고 말았다.

1라운드 3분이 어떻게 지나갔는지 모르게 흘렀다.

워낙 치열한 공방전이었기에 시간의 흐름이 느껴지지 않을 정도였다.

"강철아, 어떠냐?"

"좋은데요."

"뭐가?"

"저 사람, 펀치력도 좋고 스피드도 빨라요. 방어 기술도 훌륭하고요."

"이 자식아, 누가 지금 쟤 칭찬하라고 했어? 네 몸 상태가 어떠냐고!"

"난 괜찮아요. 오랜만에 제대로 된 시합을 하게 돼서 즐거워 미칠 지경이라고요."

"환장하겠네. 난 속 타 죽겠구만, 이놈이 무슨 소릴 하는 거야. 어쨌든 저놈 뒤로 물러서면서 던지는 카운터를 조심해. 거기에 몇 대 맞았잖냐. 흘려서 맞았기에 망정이지, 잘못하면 대미지를 받을 뻔했어. 내가 자세히 보니까 저놈 카운터를 칠 때 왼쪽 어깨가 살짝 내려오더라. 그거 잘 보고. 준비해."

"알겠습니다."

"강철아, 이길 수 있다. 이대로만 하면 네가 이겨. 그러니까 힘내자."

윤 관장이 뒤에서 악쓰는 소리는 관중들의 함성에 파묻혀 제대로 들리지 않았다.

확실히 경험에서 차이가 있다.

위기에 처한 순간마다 스텝을 이용해서 빠져나갔고 조금이라도 빈틈이 보이며 즉각적인 반격을 가해왔다.

하지만 이 경기는 내가 이긴다. 마현석이 자신의 펀치를 피해내고 있지만 제대로 걸린 것만 해도 10번이 넘었다.

헤드기어를 끼지 않았다면 거기서 경기는 끝났을 것이다.

윤 관장이 말한 대로 몇 번 카운터를 맞았으나 임팩트 순간 천부적인 반사 신경으로 전부 흘렸기 때문에 스친 것에 불과했다.

아직까지 마현석의 움직임은 전혀 느려지지 않았다. 그런 공방전을 펼치고도 이런 스피드를 낸다는 건 그가 고된 훈련을 소화했다는 뜻이다.

얼마나 견디는지 보자. 문득 단 한순간도 쉬지 못하도록 밀어붙일 때 견딜 수 있는 인간의 한계가 궁금해졌다.

최강철은 그런 생각이 끝나자 탱크처럼 밀고 들어갔다.

원거리 타격은 물론이고 바짝 붙은 접근전에서도 무수한 펀치를 쉴 새 없이 날렸다.

시간이 지날수록 점점 마현석의 펀치가 줄어들었고 움직임도 둔해지기 시작했다.

스트레이트와 양 훅, 어퍼컷과 숏 훅들이 마치 기계처럼 움직이며 마현석의 전신을 두들겼다.

많은 펀치가 그의 방어선에 저지당했지만 가드를 뚫고 들어가는 펀치의 숫자들도 적지 않았다.

물론 마현석이 날린 펀치에도 맞았다.

그러나 펀치를 맞은 것은 쉬지 않고 공격을 하기 위한 선택일 뿐이었다.

2분 여가 지나자 마현석의 입에서 거친 숨소리가 들려왔다.

최강철은 그 2분 동안 거의 150여 발의 펀치를 쏟아부었기 때문에 그는 잠시도 쉴 틈이 없었다.

관중들은 이제 광란에 가까운 반응을 보이고 있었다.

무차별적으로 쏟아내는 펀치가 터질 때마다 그들은 주먹을 불끈 쥔 채 흥분을 감추지 못했다.

오른쪽 스트레이트가 마현석의 얼굴을 스쳐 지나가는 순간 레프트 보디가 옆구리를 훑고 빠져나왔다.

'헉.'

지금까지 잘 견디던 마현석의 입에서 바람 빠지는 소리가 나오면서 얼굴이 일그러지는 게 보였다.

사람은 배에 충격을 받으면 온몸이 경직되면서 잠시 동안 움직이지 못하는 현상이 발생한다. 마현석이 그랬고 그것이 그를 지옥으로 이끌었다.

최강철은 왼손 주먹에 느껴지는 감촉을 느끼며 그대로 좌우 어퍼컷과 숏 훅을 연사시켰다.

복부를 방어하기 위해 가드가 잠시 내려간 사이 발사된 주먹들이 고스란히 마현석의 얼굴을 흔들어놨다.

휘청이며 뒤로 물러서서 로프에 기대는 순간 최강철의 강력한 라이트 훅이 미사일처럼 날아가 마현석의 얼굴을 강타했다.

눈 깜짝할 사이에 벌어진 일이었다.

방어를 하기 위해 올렸던 마현석의 가드가 밑으로 떨어졌고 곧이어 상체가 무너지며 캔버스가 흔들렸다.

끝났다. 마현석은 캔버스에 쓰러진 후 더 이상 일어서지 못했다.

그러자 관중석에서 폭탄감은 함성이 터져 나왔다.

"와아, 와아! 최강철, 최강철, 죽여준다. 최강철!"

최강철의 승리가 확정되고 두 손을 번쩍 치켜드는 순간 링으로 올라온 기자들의 카메라 플래시가 미친 듯이 터졌다.

이것 또한 특이한 일이다.

지금까지 6체급의 국가 대표가 결정되었으나 기자들이 이런 반응을 보인 적은 없었다.

그중에는 올림픽 금메달이 유력시되는 선수들도 있었지만 그들에 대한 관심은 지금에 비한다면 아무것도 아니었다.

최강철이 기록한 19연속 KO승은 아마추어 복싱 역사에서 유래를 찾아보기 어려울 정도로 대단한 것이었으니 기자들이 거품을 무는 건 어쩌면 당연한 일인지도 몰랐다.

다른 대회는 제쳐두고 마지막 4연속 KO승은 전국에서 가장 강하다는 선수들만 참여한 국가 대표 선발전이었기에 기자들의 관심은 폭발적이었다.

더군다나 웰터급이었다.

아마추어 복싱에서는 히로키에 가로막혀 연신 고배를 마셨고 프로 복싱에서는 겐죠에게 5연패를 당하며 한국 킬러라는 별명을 갖게 만들어준 체급이었다.

기자들의 궁금증은 다양했고 집요했다.

벌 떼처럼 달려든 기자들에게 둘러싸여 거의 30여 분 동안 인터뷰를 한 후에야 라커룸으로 겨우 돌아올 수 있었다.

마음은 급했으나 기자들은 쉽게 그를 보내주지 않았다.

*   *   *

"강철아, 일단 씻자. 고생했다. 고생했어. 그리고 정말 고맙다……."

윤 관장이 또다시 감정이 복받치는지 떨리는 음성으로 말하며 땀에 젖어 있는 최강철을 끌어안았다.

그는 최강철의 승리가 확정되는 순간 미친 듯이 링 안으로 뛰어 들어왔는데 두 눈에서 연신 굵은 눈물을 흘려냈다.

세계 챔피언이란 꿈을 이루기 위해 달려왔던 많은 시간을 부상 때문에 접은 이후 그의 소망은 오직 하나, 자신의 손으로 챔피언을 만드는 것뿐이었다.

국가 대표에 선발된 것일 뿐 챔피언이 된 것은 아니었으나 그것만으로도 감격에 겨워 눈물이 마르지 않았다.

그런 윤 관장을 최강철은 가만히 안아주었다.

그의 감정이 가슴으로 전해져 와 심장이 따뜻해져 오랜 시간 그를 안아주고 싶었다.

하지만 지금은 더 바쁜 일이 있기에 그럴 수가 없었다.

"관장님, 먼저 전화를 쓰고 싶어요. 가족들에게 알려줘야 되는데……."

"그렇지, 당연히 알려 드려야지. 가만있어 봐. 저쪽 사무실에 전화가 있는 것 같더라. 일단 쓰고 있어. 내가 갔다 올게."

최강철의 말을 들은 윤 관장이 그때서야 뒤로 물러나며 급히 눈물을 훔치고 라커룸을 빠져나갔다.

핸드폰이 없는 시절이었고 체육관이란 특성 때문에 공중전화도 보이지 않았으니 전화할 데가 마땅치 않았다.

사무실에 있는 전화 역시 직원들의 허락을 받아야 이용할 수 있기 때문에 무조건 달려갈 일이 아니었다.

윤 관장이 돌아온 것은 얼마 지나지 않았다.

샤워라고 해봤자 찬물에 땀만 씻으면 되는 거라 불과 10분도 채 걸리지 않았는데 이미 윤 관장은 라커룸으로 돌아와 그를 기다리고 있었다.

"강철아, 가자. 전화 쓰게 해주겠단다."

"예."

체육복으로 갈아입고 급히 사무실을 향해 움직였다.

체육관을 관리하는 사무실의 규모는 불과 열 평 정도밖에 되지 않았는데 직원도 달랑 두 명만 앉아 있었다.

이미 이야기가 끝난 건지 일행이 전화기 쪽으로 다가갔어도 직원들은 자신들의 일에 몰두한 채 이쪽은 쳐다보지 않았다.

최강철은 전화기를 들고 먼저 아버지가 근무하는 회사로 전화를 걸었다.

신호음이 길다.

그 짧은 시간에 수많은 생각과 흥분이 몰려와 가슴이 두근거렸다.

아버지는… 자신이 국가 대표가 되었다는 기쁜 소식을 전해주면 얼마나 좋아하실까…….

신호음이 끊기며 걸걸한 목소리가 튀어나왔다.

하지만 아버지의 목소리는 아니다.

—여보시요.

"안녕하세요. 저는 최, 우 자, 용 자 되시는 분의 아들입니다. 아버지와 통화할 수 있을까요?"

―최 씨 아들? 누구?

"최강철입니다."

―강철이냐. 나, 반장 아저씨여. 아버지 지금 일 나가고 없는데 어쩌. 무신 할 말 있어?

"언제 들어오시죠?"

―한참 걸려. 공사 현장에 나가 있거든. 들어올라믄 7시는 다 되어야 할 거여.

"예, 그럼 아버지 들어오시면 전해주세요. 제가 오늘 국가대표가 되었다고요."

―아이고, 그것이 참말이냐. 축하헌다, 축하혀. 그러잖아도 니네 아부지가 그거 보겠다고 아침부터 안달을 했는데 일이 바빠서… 어쨌든 잘혔다.

"고맙습니다."

―경사 났구먼. 내가 니 아부지 들어오믄 꼭 알려줄 테까 걱정하지 마라. 강철아, 장허다.

"고맙습니다. 아저씨."

공손하게 인사를 하고 끊었다.

반장 아저씨는 아버지와 동향이라 친하게 지냈기 때문에 집에도 가끔 놀러와 막걸리를 나눠 마시는 사이였다.

아쉬웠지만 참았다. 직접 기쁜 소식을 알려 드리며 아버지의 목소리를 듣고 싶었으나 그렇게 하지 못한 것이 못내 아쉽기만 했다.

전화를 끊고 나자 머리가 팽이처럼 돌아갔다.

반장 아저씨의 목소리에서 뭔가 이상한 냄새를 맡았기 때문이다.

일이 바빠서 못 오실 수 있다. 아들의 시합보다 가족을 먹여 살리는 회사 일이 훨씬 중요하니까.

하지만 반장 아저씨의 목소리는 그 이상의 뭔가가 담겨져 있었다.

그럼에도 최강철은 고개를 흔들고 곧바로 집에 전화를 걸었다.

신호가 두 번 울리자마자 마치 기다렸다는 듯 덜컥하며 통화음이 떨어졌다.

—강철이냐!

"엄마, 저예요."

—우리 아덜, 다치지 않았어. 몸은 괜찮은 겨?

"예, 안 다쳤어요. 그리고 엄마, 저… 국가 대표 되었어요."

—아이고, 그게 정말여! 강철아… 강철아, 고생혔다. 고생혔어. 흐윽……

어머니는 국가 대표가 되었다는 말을 하자마자 눈물을 쏟아내며 말을 잇지 못하셨다.

가슴이 먹먹하게 아파왔다.

눈물이 쏟아지려는 걸 이를 악물고 참았다.

전화를 하자마자 수화기를 들었다는 건 어머니가 소식이 오기를 학수고대하며 기다리고 있었다는 뜻이다.

"엄마, 기쁜 일인데 왜 우세요. 그만 우세요."

—그려, 그려……

"금방 갈게요. 배고프니까 엄마, 맛있는 거 해주세요."

*   *   *

학교가 끝나자마자 쫓아온 이성일은 물론이고 퇴근해서 돌아온 누나들은 방구들이 떠나갈 정도로 기뻐하며 최강철을 축하해 줬다.

이성일은 학교 때문에 경기장에 오지 못했는데 얼마나 궁금해했는지 온몸이 젖을 정도로 뛰어왔다.

어머니는 전화할 때와 다르게 차분하게 최강철을 맞아들이며 그저 장하다는 말과 함께 아들의 등을 한참 동안 두드려 주기만 했다.

감정을 추스르시는 게 버릇이 되었다.

6남매를 키우시며 갖은 역경을 버텨온 어머니는 시간이 지나자 당신의 감정을 숨기며 저녁을 준비하느라 바쁘게 움직이셨다.

저녁상이 모두 준비되었으나 아버지는 돌아오시지 않았다.

어머니가 여러 번 회사에 전화했지만 당직자는 귀찮다는 듯이 이미 퇴근했다는 말만 전해줄 뿐이었다.

결국 어머니의 성화로 인해 가족들은 8시가 훌쩍 넘어서야 늦은 저녁을 먹었다.

아버지가 들어오신 건 10시 반이 다 되었을 무렵이었다.

취하셨다.

아버지는 막걸리를 좋아하셨지만 주량은 그리 센 편이 아니라 쉽게 술에 취하시는 편이었다.

비틀거리며 대문을 들어온 아버지는 최강철을 보자마자 끌어안은 채 한참 동안 가만히 계셨다.

그런 후 천천히 가슴에서 아들을 떼어낸 후 눈물을 주르륵 흘렸다.

"강철아, 아부지가 너무 기뻐서 한잔했다. 우리 아들이 너무 자랑스러워서 아저씨들한테 술 한잔 샀어."

"잘하셨어요."

"약속 지키지 못해서… 미안혀다. 아부지가 못나서 우리아들 국가 대표 되는 곳에도 못 가보고……."

"바빠서 그러신 거잖아요. 아버지, 들어가세요. 많이 취하셨어요."

"그려, 들어가자. 우리 아덜, 아부지 좀 업어줘라. 아부지가 술 취해서 그런가 잘 걷지 못하겄어."

"예, 아버지."

아버지를 등에 업고 걸었다.

너무 야위어 마치 허깨비를 업은 것 같다는 생각이 들었다.

작은 키에 깡마른 몸.

아버지는 이 몸으로 자식들을 위해 평생을 머슴처럼 일하셨고 그럼에도 돌아가실 때까지 힘들다는 말씀을 한 번도 하지 않았다.

두 손으로 목을 감싼 아버지의 팔이 따뜻했다.

앙상한 이 두 팔이 왜 이렇게 따뜻한 걸까.

＊　　　　　＊　　　　　＊

인터뷰가 끝날 때까지 자리를 지키던 담임선생과 교감 선생은 최강철에게 축하 인사를 하고 부랴부랴 돌아갔는데 학교 측에 보고를 하기 위한 것 같았다.

그 결과가 이것이다.

최강철은 학교 정문에 떡하니 걸려 있는 현수막을 바라보며 쓴웃음을 짓고 말았다.

정문고의 건아, 최강철. 국가 대표 선발!

정문 양쪽을 가로지르며 설치된 거대한 현수막은 학생들보다 지역 주민들에게 보라는 의미가 더 강했다.

내세울 게 변변치 못했던 학교에서 국가 대표가 나왔으니 경사도 이런 경사가 없다.

운동장을 가로질러 교실 안으로 들어서자 반 친구들이 괴성을 지르며 그의 우승을 축하해 줬다.

격의가 없는 인사였고 축하였다.

정문고를 장악했던 블랙 서클들이 완전히 뿌리가 뽑힌 이후 학교의 분위기는 몰라보게 달라졌는데 예전과 다르게 면학 분위기가 자리 잡혀 있었다.

모든 것이 최강철로 인해 생긴 결과였다.

블랙 서클을 박살 낸 후 최강철은 주먹을 쓰는 놈들에게 치가 떨릴 정도의 경고를 했다.

어떤 순간이든 친구들이나 후배들에게 폭력을 행사하면 반병신으로 만들어 버리겠다는 경고였다.

논다고 까불던 놈들은 구석에 찌그러져 얼굴도 제대로 들지 못했다.

물론 협박에 불과한 말이었으나 학생들이 느끼는 체감 효과는 너무나 커서 그 경고를 어기는 놈들이 없었다.

최강철은 그야말로 전설이었다.

혼자서 수십 명을 상대로 박살을 냈고 정문고 역사상 처음으로 전 과목 100점을 달성하며 전교 수석을 차지했으니 살아 있는 전설로 충분히 불릴 만했다.

그 후로 최강철은 복싱과 공부만 했고 친구들과 격의 없는 농담을 해서 두려움을 없애주었다.

지금 이 순간 친구들이 그를 진심으로 축하해 주는 건 그런 이유가 있었기 때문이다.

조례를 하기 위해 들어온 담임선생의 얼굴은 붉게 상기되어 있었다.

아침부터 이사장을 비롯해서 교장 선생은 물론이고 동료 교사들에게까지 축하 인사를 받느라 정신이 없었기 때문에 아직도 흥분이 가라앉지 않은 상태였다.

잘 키운 제자 하나가 열 자식 부럽지 않다더니 꼭 그 짝이었다.

"주목, 우리의 자랑스러운 친구 최강철이 국가 대표가 되었다. 자, 우리 모두 축하의 박수를 보내주자."

담임선생의 조례는 그렇게 시작되었다.

그는 자신이 직접 본 시합 장면을 학생들에게 침을 튀겨가며 전해줬는데 학생들은 마치 한 편의 무협 영화를 보는 것처럼 꼼짝도 하지 않고 들었다.

이런 태도로 수업을 듣는다면 아마 이번 기말고사에서 반 평균이 10점은 올라갈 것이다.

조례가 끝나고 수업이 시작될 때마다 선생님들은 최강철에 대해서 한 마디씩 했다.

그들에게도 최강철은 히어로다.

비록 자신들에게 공부를 배우는 제자였지만 전교 수석을 차지하면서 복싱 국가 대표까지 되었으니 칭찬이 마르지 않았다.

이성일이 화장실에 다녀오던 최강철을 슬며시 이끈 건 점심시간이 거의 끝날 무렵이었다.

"강철아, 날짜 잡혔다."

"무슨 날짜?"

"이 자식아, 그새 까먹었어. 우리 미팅하기로 했잖아."

"아하, 미팅."

그때서야 생각난 최강철이 입술에 웃음을 베어 물었다.

이성일의 협박에 그러마, 하고 대답은 했으나 막상 미팅 날짜가 잡혔다는 말을 듣게 되자 어이가 없어 헛웃음이 나왔다.

내가 미팅에 나가면 무슨 일이 벌어질까. 여자로 보이지 않을 만큼 어린애들과 웃고 떠든다는 것이 상상조차 되지 않았다.

그럼에도 최강철은 침을 흘리며 열변을 토하는 이성일의 말을 듣고만 있었다.

"다음 주 화요일이야. 5 대 5, 정태가 문화여고에서 제일 예쁜 애들만 오니까 약속 반드시 지키라고 펄펄 뛰더라. 인마, 어딜 보는 거야. 내 말 듣고 있어?"

『기적의 환생』 2권에 계속…

초대형 24시 만화방

신간 100%, 샤워실, 흡연실, 수면실(침대석), 커플석, 세탁기 완비

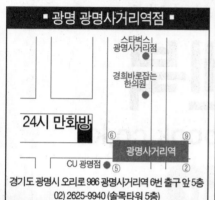

■ 광명 광명사거리역점 ■

경기도 광명시 오리로 986 광명사거리역 6번 출구 앞 5층
02) 2625-9940 (솔목타워 5층)

■ 강북 노원역점 ■

서울 노원구 상계동 340-6 노원역 1번 출구 앞 3층
02) 951-8324 (화용빌딩 3층)

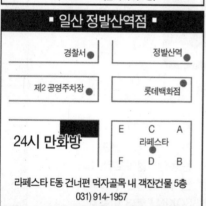

■ 일산 정발산역점 ■

라페스타 E동 건너편 먹자골목 내 객잔건물 5층
031) 914-1957

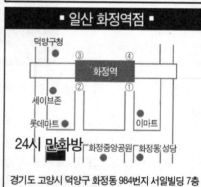

■ 일산 화정역점 ■

경기도 고양시 덕양구 화정동 984번지 서일빌딩 7층
031) 979-4874 (서일사우나 건물 7층)

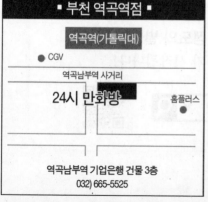

■ 부천 역곡역점 ■

역곡남부역 기업은행 건물 3층
032) 665-5525

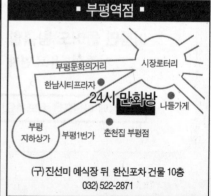

■ 부평역점 ■

(구) 진선미 예식장 뒤 한신포차 건물 10층
032) 522-2871